짜장면

짜장면

안도현

열림원

짜장면

1판 1쇄 발행 2000년 3월 20일
1판 42쇄 발행 2020년 3월 20일

지은이 안도현
펴낸이 정중모
펴낸곳 도서출판 열림원
등록 1980년 5월 19일(제406-2000-000204호)
주소 경기도 파주시 회동길 152
전화 031-955-0700
팩스 031-955-0661
홈페이지 www.yolimwon.com
이메일 editor@yolimwon.com

ⓒ 안도현, 2000

* 책값은 뒤표지에 있습니다.

ISBN 978-89-7063-220-9 03810

작가의 말

내 열일곱 살, 혹은 열여덟 살 무렵을 생각하면
몇 가지 후회가 따라 올라온다.
화끈하게 가출 한번 해보지 못했다는 것,
아버지와 어머니를 사무치게 원망하거나
증오해보지 못했다는 것,
어른들의 눈을 피해 오토바이 꽁무니에
여자아이를 태우고 멋지게 달려보지 못했다는 것,
그리고
혼자서 마음놓고 크게 울어보지 못했다는 것.

그때 내 어린 청춘에게 진 빚을
여기서 조금, 갚고 싶다.

2000년 3월
안도현

 ...

열일곱 살, 나도 이 세상에 대해 책임을 좀 지고 싶었다.
그런데 막상 열일곱 살이 되었을 때 나에게는 책임질 일이 아무것도 없었다.

 ……

나는 깜짝 놀랐다.
손끝에 미세하게 양파 냄새가 남아 있었던 것이다.
양파는 가슴속에 아무것도 감추고 있지 않으며,
자신을 위해 아무것도 남기지 않는 존재였다.
짜장면 속에 들어가서는 자기가 양파라는 것을 잊어버리고
그대로 짜장면 냄새가 되는 게 양파였다. 내 손끝에 남은 양파 냄새도
머지않아 사라질 것이었다.

그 무렵, 나는 '만리장성'에서 '나이아가라' 사이를 자주 날아다녔다.

여러분은 부디 보잉 747기의 좌석에 비스듬히 누워 태평양을 건너는 내 모습을 상상하지 말아주기 바란다.

나는 그 유명한 만리장성이나 나이아가라 폭포 같은 세계적인 관광지를 한가하게 비행기로 여행할 수 있는 처지가 아니었다. 그렇게 여유 있는 시간도 없었고, 지갑에 돈이 두둑이 들어 있지도 않았다. 내가 나이를 좀 먹고 돈도 모을 만큼 모았다면 벌써 비행기를 타고 몇 차례 해외 여행을 다녀왔을 것이다. 하지만 나는 그 당시 열일곱 살이었고, 태어나서 그때까지 한 번도 여행다운 여행을 해보지 못했고, 또 비행기를 타본 적도 없었다.

그렇다고 비행기를 타게 될 기회가 전혀 없었던 것은 아니다. 나는 그 기회를 스스로 포기하고 말았다. 그건 아주 큰 용기를 내야 하는 일이었다. 사실 내가 마음을 다르게 먹었더라면 미국의 나이아가라 폭포는 아니더라도 제주도까지는 갈 수 있었다. 그랬으면 천지연 폭포 앞에서 친구들하고 앞니를 허옇게 드러내고 찍은 기념사진이 한 장이라도 남아 있을 것이다.

그러나 안타깝게도 내 사진첩에는 고등학교 수학여행 사진이 없다. 그 사진이 붙어 있어야 할 자리에는 만리장성을 중심으로 몇 개월 동안 종횡무진 날아다니던 기억만이 오롯이 남아 있을 뿐이다.

나는 정말 날아다녔다.

과학이 지금보다 더 빨리 발달해서 인간이 우주선을 타고 태양을 정복한다고 해도 중국의 만리장성에서 미국의 나이아가라까지는 죽었다 깨어나도 1분 안에 갈 수가 없다. 그러나 내가 만리장성에서 나이아가라까지 날아가는 데는 1분이면 충분했다.

내 겨드랑이에 이 세상을 다 덮을 만한 날개가 달려 있는 것도 아니고, 내 엉덩이에 이 세상에서 가장 빠른 로켓 엔진이 달려 있는 것도 아니고, 그렇다고 내가 이 세상의 어느 누구도 흉내내지 못할 마술을 부리는 것도 아닌데, 어떻게 그렇게 빠르게 날아다닐 수 있었느냐고?

거기에 대답하기 위해서는 우선 만리장성에 대한 설명이 잠깐 필요할 것 같다.

내가 결국 수학여행에 참가하지 않은 것을 알고 여러 친구들이 김밥이 든 여행 가방을 메고 술렁거릴 즈음에, 나는 만리장성이 아닌 나이아가라 부근을 혼자 천천히 걸어가고 있었다.

그때 그 냄새가 났다. 평소에 아무리 점잖은 사람이라도 그 냄새를 맡으면 코를 개처럼 킁킁거리지 않을 수 없을 것이다. 나는 나이아가라에서 '인디언치킨' '코끼리편의점' '삐삐헤어숍'을 차례로 지나서 '한울약국' 앞에 멈춰 섰다. 내 코를 자꾸 킁킁거리게 만드는 냄새의 진원지를 발견했던 것이다. 바로 만리장성이었다. 약국 길 건너편에 있는 그 중국집은 진홍색 바탕에 큼직하게 흰색 글씨로 쓴 간판을 내걸고 있었다.

만리장성 앞에 출고한 지 얼마 안 되는 최신형 오토바이가 번쩍이며 서 있는 것을 나는 보았다. 배기량 125cc가 분명했다. 날렵한 몸체에 디스크 브레이크가 장착되어 있고 순발력과 힘이 좋기로 소문 나 있는 기종이었다. 세 시간 동안이나 125cc급을 찾아 돌아다닌 보람이 있었다. 보통 50cc급의 스쿠터나 100cc급은 숱하게 많았다. 하지만 바람의 흐름을 짜릿하게 몸으로 느끼며 날아다니기에는 부족한 기종이었다.

우리가 흔히 짜장면 냄새라고 부르는 그 냄새를 깊이 들이마시며 나는 4차선 도로를 건넜다. 나는 이미 오토바이를 타고 날아다닐 준비가 충분히 되어 있었다.

'쇠뿔도 단김에 빼라'는 유구한 속담을 우리 조상들이 왜 후손들에게 가르쳤는지 나는 알 것 같았다. 나는 만리장성에 들어서자마자 주인 아저씨에게 정중하게 인사를 했다. 입구 쪽 계산대에 앉아 신문을 보고 있던 주인은 휘둥그레진 눈으로 나를 올려다보았다. 쌍꺼풀 진 눈과 숯검정을 칠해놓은 듯한 눈썹이 넓고 빛나는 이마 아래 나란히 배열되어 있는 얼굴이었다. 그의 눈썹은 대머리가 차지한 면적으로 인해 더욱 짙어 보였다. 왼쪽 옆머리에서 오른쪽 이마 쪽으로 가까스로 빗어 넘긴 긴 머리카락 몇 개를 손가락으로 조심스럽게 쓸어 넘긴 뒤 그가 말했다.

"무슨 일이야?"

"저, 혹시 일자리가 없나 해서 찾아왔습니다."

"아르바이트생인가?"

"네."

대머리 주인 아저씨는 턱을 괴고 한참 동안 유리문 바깥을 내다보았다. 만리장성을 들어설 때 보았던 오토바이가 헤드라이트를 유리문 쪽으로 대고 그대로 서 있었다. 가을날 오후의 햇빛을 당당하게 한몸에 받으면서.

"음, 배달이 하나 필요하기는 한데……."

나는 그에게 허리를 굽히고 깍듯하게 인사하기를 잘했다고 생각했다. 그리고 여차하면 대머리 주인 아저씨를 사장님이라고 부를 참이었다.

"대학을 한 학기 다니다가 휴학을 했습니다."

"……군에 입대해야 할 처지라서?"

그는 놀랍게도 내가 준비해둔 대사를 그 두터운 입술 밖으로 내뱉었다. 나는 작전 계획을 적에게 들켜버린 것 같아 불안해졌다. 125cc 오토바이로 날아다니고 싶은 꿈이 수포로 돌아갈지도 몰랐다.

"이런 데 처음이지? 내가 보기에 이런 데서 궂은일을 할 얼굴은 아닌걸."

그건 맞는 말이었다. 내 자랑을 하는 것 같아서 말하기가 쑥스럽지만, 나는 어릴 적부터 '뼈대 있는 집안의 자손'이었다. 아버지는 나에게 훈계할 일이 있을 때마다 그 뼈대를 강조했다. 뼈대 있는 집안의 자손은 밥 먹을 때 소리를 내면 안 된다, 뼈대 있는 집안의 자손은 물가에 가서 함부로 옷을 벗으면 안 된다……. 아버지의 훈계 덕분이었는지 나는 내 또래 아이들과는 비교가 되지 않을 만큼 뼈대가 튼튼한 아이로 성장했다. 적어도 내 또래들보다 두 살은 더 나이가 들어 보일 정도로 어깨가 벌어졌고, 그 동안 교실에서 내 등 뒤에 앉는 아이는 하나도 없었다.

"그런데 우리는 봉급을 많이 줄 수가 없는데……."

"여기서 먹여주고 재워주신다면 봉급은 알아서 주십시오."

내 말을 들은 대머리 주인 아저씨, 아니 사장님의 표정이 밝아졌다.

"이름이 뭔가?"

이름을 묻는다는 것은 주인과의 면담이 성공적으로 이루어져가고 있음을 뜻했다. 나는 머리에 떠오르는 이름 하나를 아무렇지도 않게 갖다댔다. 집을 나오면서 나는 나를 따라다니는 이름을 당분간 버리기로 작정했다. 이름이란 때로 생활기록부처럼 거추장스러운 것. 나는 새로운 이름으로 살아가고 싶었다.

"나이는?"

"열일곱 살입니다."

"집은?"

집, 이라는 말을 듣는 순간, 나는 가슴이 덜컥 내려앉았다. 거기까지 우리 집이 나를 따라올 줄은 몰랐다.

"저기…… 바닷가 쪽입니다."

나는 얼버무리듯 턱짓으로 이 도시에서 120킬로미터나 떨어진 바다 쪽을 가리켰다. 집이 싫어 뛰쳐나온 아이라는 것을 알고 있었는지, 다행히 사장도 더이상 집에 대해 묻지 않았다.

"좋다. 오늘부터 주방 보조 겸 배달이다. 에, 그리고 첫 달 봉급은 50만 원인데……."

사장은 내 눈치를 살폈다.

"앞으로 네가 열심히 하면 6개월에 10만 원씩 올려주겠다."

사장의 계산대로라면 1년이 지나면 70만 원, 2년이 지나면 90만 원, 3년이 지나면 110만 원, 4년이 지나면 130만 원이 된다. 그리고…… 10년이 지나면 한 달에 자그마치 250만 원이나 봉급을 받을 수 있게 된다는 계산이 나온다. 결코 사장의 마음씀씀이가 좋아서 그런 조건을 제시한 게 아니라는 것을 나는 알고 있었다. 사장도 알고 있는 것이다. 중국집 배달원으로 한곳에서 1년을 넘기는 한심한 얼간이는 그리 많지 않다는 것을.

봄가을로 우리 나라 서해안의 갯벌을 찾아오는 넓적부리도요새에게 다음해에 오면 흑염소 한 마리를 볶아주겠다고 하고, 그 다음해에 오면 맛있는 돼지 한 마리를 삶아주겠다고 하고, 또 그 다음해에 오면 암소 한 마리를 구워주겠다고 해봐라. 그 넓적부리도요새가 눈이라도 꿈쩍하는지를. 하기는 넓적부리도요새를 위해 흑염소나 돼지나 암소를 내놓을 작자도 없겠지만 말이다.

"아무래도 좋습니다. 열심히 해보겠습니다."

나의 대머리 사장님은 흡족하다는 듯이 내 등을 툭툭 두드리더니 주방으로 나를 데리고 갔다.

주방은 가스 불 열기로 후끈거렸다. 20대 후반의 젊은 주방장은 돌아서서 프라이팬에 고기를 볶고 있었다. 그의 목덜미로 땀이 줄줄 흘러내리는 게 보였다. 주인이 인사를 시켰다. 주방장은 나보다 키가 한 뼘 정도나 작았고, 머리는 곱슬머리였다. 얼굴 가운데 오똑하게 자리잡고 있어야 할 그의 코뼈는 늙은 권투 선수처럼 주저앉아 있었다. 게다가 가늘게 위로 치켜올려진 눈초리 때문에 그의 얼굴은 영락없이 뒷골목 건달 같은 분위기를 풍겼다.

주방 옆에 방이 하나 붙어 있었다. 그 방은 밀가루 포대와 간장통, 그리고 두루마리 휴지들이 산더미처럼 쌓여 있었는데, 좀더 구체적으로 말하자면 만리장성의 창고로 쓰이는 곳이었다. 겨우 한 사람이 들어가 누울 수 있는 바닥을 가리키며 사장은 나를 바라보았다. 이런 데서 잘 수 있겠냐는 물음이었다. 나는 웃음을 지으며 고개를 끄덕였다.

이렇게 해서 나는 중국집 만리장성의 배달원이 되었다.

　주방장은 단무지 한 상자를 조리대 옆에 갖다 놓더니 포장 테이프를 벗겼다. 상자를 개봉하자 시큼한 냄새가 콧속으로 들이닥쳤다. 그는 시범을 보이겠다며 단무지 두 개를 도마 위에 올려놓고 칼을 집어들었다. 작두같이 넓적한 중국집 주방의 칼날이 번쩍, 하고 빛났다. 소매를 걷어붙인 주방장은 능숙하게 단무지를 썰었다. 칼이 도마에 부딪히면서 탁탁탁탁, 소리를 냈다. 그 소리가 어찌나 규칙적으로 들리는지 도마 위에서 불꽃이 튀는 것만 같았다. 칼은 쉴 새 없이 도마를 두드렸다. 그러나 도마 위에 놓인 단무지 두 개는 칼자국을 실끝만큼도 내비치지 않았다. 아들이 글씨를 바르게 쓰도록 하기 위해 불을 끄고 떡을 썰었다는 한석봉의 어머니도 주방장을 따라가지는 못하리라! 내 입에서는 아, 하는 감탄이 저절로 터져나왔다. 주방장은 역시 주방장이었다.

"단무지를 썰 때는 두께가 일정해야 한다. 그게 가장 중요하다. 두껍지도 얇지도 않게 말이다. 칼끝을 도마에서 떼지 말고 고정시키면 좀더 빨리 썰 수 있을 거다. 알겠나?"

제대한 지 1년이 지났다는데도 그는 여전히 휴가 나온 병사처럼 말했다.

주방장은 칼을 내 손에 건네주었다. 드디어 내 차례가 되었다. 주방장은 이번에는 도마 위에 단무지를 하나만 올렸다. 나는 비록 느렸지만 정성을 다해 단무지를 썰었다. 두껍지도 얇지도 않게……. 내가 썬 단무지들이 오른쪽으로 비스듬히 배를 뒤집으며 누웠다. 반달 모양의 단무지들이 한 개씩 늘어날 때마다 나는 알 수 없는 성취감을 느꼈다.

나는 뭐든지 주방장이 시킨 대로 하리라 마음을 먹고 있었다. 처음부터 주방장에게 밉게 보일 이유가 없었다. 내가 만리장성에서 일하기 전까지 도마질을 한 번도 하지 않았으리라는 것을 주방장도 감안하고 있을 것이었다. 그리고 중국집 생활에 길들여지면 언젠가는 나도 주방장처럼 도마 위에 불꽃을 튀기며 능숙하게 단무지를 써는 날이 올 것이다.

불과 며칠 만에 나는 만리장성 주변의 상가 사람들을 거의 다 알아버렸다.

우선 한 사람만 예를 들어보겠다. 만리장성 바로 옆에는 '2002 이발관'이 있다. 이 이발관의 이름은 원래 다른 이름이었는데 한국과 일본에서 2002년에 월드컵이 열린다는 결정이 난 다음에 이발사 아저씨는 두말없이 간판을 바꿔버렸다. 축구광인 이발사 아저씨는 우리 나라 국가대표팀 경기가 있을 때는 아무리 손님이 밀려도 가위를 들 생각을 하지 않았다. 텔레비전 앞에서 응원을 해야 하기 때문이다. 그런데 그가 실제로 축구공을 차는 것을 본 사람은 아무도 없었다.

나는 이발사 아저씨의 코끝이 왜 잘 익은 찔레 열매처럼 빨갛게 물들었는지 며칠 만에 알아냈다. 그는 부인의 잔소리에도 아랑곳없이 매일 술을 먹었다. 그리고는 아침밥을 먹지 않는 게 버릇이 되어버렸다. 점심때가 되면 톱날로 문지르는 것처럼 속이 쓰려왔고, 밥을 먹으러 가기에는 집이 너무 멀었고, 부인이 도시락을 싸 오지도 않았다. 그 시간이면 어김없이 이발관 옆에 붙은 중국집에서 짜장면 냄새가 풍겨오기 시작했다. 뱃속에서 꼬르륵거리는 소리가 더욱 크게 들릴 때쯤 되어서야 아저씨는 무엇인가 먹어야겠다고 생각하고, 쓰린 속을 달래줄 게 뭐 없을까 하고 한참 동안 궁리를 했다. 그러나 역시 술 마신 속을 달래는 데는 시원한 우동 국물이 최고라는 결론에 다다른다.

내가 이발사 아저씨의 뱃속에 들어가 본 것도 아닌데 어떻게 그렇게 빨리 파악을 했느냐고? 내 대답은 간단하다. 나는 매일 이발관에, 다른 것도 아니고 바로 우동 한 그릇씩을 배달했던 것이다.

그렇지만 동네 사람들은 나를 잘 모르고 있었다. 내가 그들과 나눈 대화는 기껏해야 "맛있게 드십시오" "전부 5천 원입니다" "감사합니다" 따위가 전부였으니까. 어떻게 보면 대화라고도 할 수 없는 그런 토막말을 한두 마디씩 나 혼자 던지고 다녔을 뿐이었다. 내 이름이 무엇인지, 어디에 살았는지, 왜 집을 나왔는지, 지금 내가 바라는 게 어떤 것인지 사람들은 알려고도 하지 않았다.

그런데 만리장성의 곱슬머리 주방장은 달랐다. 그는 틈만 나면 나에게 말을 걸었고, 내가 조금이라도 여유 있어 보이면 어김없이 일을 시켰다. 그는 자주 점잖게 말했다.

"일을 가르쳐주겠다."

"일을 배워야 한다. 알겠나?"

주방장의 말대로라면, 그가 나에게 막무가내 일을 시킨 적은 단 한 번도 없었다. 그는 오로지 일을 가르치는 사람이었고, 나는 배우는 사람일 뿐이었다. 단무지를 두껍지도 얇지도 않게 써는 법을 배운 것부터 시작해서 나는 주방장에게 참으로 많은 것을 배웠다.

무엇을 배웠는지 말해볼까? 기름기 번들거리는 빈 그릇을 씻는 법을 배웠고, 그릇을 뒤엎어 정리하는 법을 배웠고, 주방 바닥을 청소하는 법을 배웠고, 음식 쓰레기를 갖다 버리는 법을 배웠다. 그리고 그 다음에는 가스레인지에 불을 붙이는 법을 배웠고, 파를 다듬는 법을 배웠고, 당근을 별 모양으로 깎는 법을 배웠다. 그리고 그 다음에는 손님한테 주문 받는 법, 손님 앞에 젓가락과 음식 그릇을 갖다 놓는 법, 손님이 남긴 단무지와 양파를 보기 좋게 다시 배열해 다른 손님 앞에 내놓는 법을 배웠다.

주방장은 주로 입으로 가르쳤고, 나는 배운 것을 손으로 실천하였다.

함지박에 가득 담긴 양파를 혼자서 까고 있을 때였다.

양파 껍질을 벗기는 일은 양파하고 한바탕 전투를 벌이는 것과 다름이 없다. 양파에서 떨어지지 않으려고 바싹 마른 몸을 양파에 더욱더 밀착시키는 껍질을 손톱으로 벗겨내는 게 여간 힘든 일이 아니다. 양파는 양파대로 자기를 둘러싸고 있는 보호막을 지키기 위해 앙앙거리고, 나는 나대로 재채기를 해가면서까지 일을 해야 했다.

양파가 내쏘는 매운 냄새를 피하려고 고개를 돌리다가 나는 주방장과 눈이 마주쳤다. 그는 팔짱을 낀 채 나를 내려다보고 있었다. 나는 이제 그가 양파 까는 법을 제대로 가르쳐주려나 보다 하고 생각했다.

그런데 그는 엉뚱하게도 내 앞머리를 가리켰다. 내 앞머리카락 몇 가닥은 파란색으로 살짝 염색이 되어 있었다. 보일 듯 말 듯 겨우 몇 가닥 염색했을 뿐인데 주방장은 그것을 용케도 찾아냈다.

"머리가 그게 뭐냐?"

아버지도 그렇게 말했었다.

"머리에 쓸데없이 물을 들이고 다니는 아이들치고 속이 찬 놈을 보지 못했다. 도대체 정신이 있는 거냐, 없는 거냐? 그게 개성이라는 거냐? 그렇게 남들과 다르게 보이고 싶으면 신발을 머리 위에 얹어 다니지 그래!"

나는 아무 말도 하지 않았다. 남들과 다르게 보이고 싶어 머리에 물을 들인 게 아니라고 말하지 않았다. 그냥 한번 재미 삼아 해본 거라고도 말하지 않았다. 물론 아버지에 대한 불만의 표시라는 것도 말하지 않았다.

"멋있잖아요?"

나는 주방장에게 어리광부리듯 말했다.

"멋? 사내자식이 계집애 흉내를 내는 것도 멋이라고 생각하나?"

주방장의 치켜올려진 눈초리가 더 가늘어졌다.

"내가 제대할 무렵에 말이다. 군에 갓 들어온 신병들 중에는 유난히 목걸이를 한 놈들이 많았다."

주방장의 무용담이 또 시작되었다. 그는 모든 이야기의 서두를 군대 경험에서 끄집어냈다. 내가 군에 복무할 때는 말이다…… 짬밥 먹어보지 않은 놈들은 말이다…… 우리 내무반에서 말이다…… 우리 소대원 중에는 말이다……. 대개 그런 식으로 이야기를 풀기 시작하면 나는 잠자코 그의 이야기를 들어주었다.

"내가 사내로서 자존심도 없는 놈들이라고 따끔하게 혼을 냈지. 선임자는 하늘 아니냐. 그 후로 어떻게 되었겠냐? 모두들 칼같이 목걸이를 내던져버리더라. 불알 찬 녀석들이 머리카락에 염색물 들이는 꼴, 나는 못 본다. 사회에서 사람들이 왜 중국 음식 배달하는 너 같은 아이들한테 손가락질하는지 아냐? 별의별 색깔들로 알록달록하게 염색한 머리 때문이라는 걸 너도 알아야 한다. 내 밑에서 일하는 네가 함부로 손가락질 받는 거, 나는 싫다. 알겠냐?"

주방장은 신병에게 훈시하듯 말했다.

"그냥 이대로 두세요."

이 말이 그의 심기를 불편하게 한 모양이었다.

"당장 잘라버려!"

주방장은 또 아버지처럼 말했다. 그래서 나도 아버지한테 그랬던 것처럼 아무 대답도 하지 않았다. 그러자 즈방장이 내 머리를 쥐어박으며 다시 물었다.

"알겠나?"

"……."

내 눈에서 눈물이 쑥 빠졌다. 하지만 나는 아무 대꾸도 하지 않고 양파 껍질을 벗겼다.

"이 새끼야, 알겠어?"

주방장이 한차례 더 내 머리를 쥐어박았다. 그리고는 손바닥을 탁탁 털며 무슨 말인가를 중얼거린 뒤에 주방으로 들어갔다.

나는 양파를 까던 손을 눈에 갖다대고 마구 비볐다. 그래야만 주방장의 간섭으로부터, 열일곱 살의 내가 살아가는 방식을 못마땅하게 여기는 세상으로부터 나를 지킬 수 있을 것 같았다. 바늘로 콕콕 찌르는 것처럼 눈알이 쓰려왔고, 이내 눈에서는 눈물이 찔끔찔끔 흘러내렸다.

여러분은 노랑머리로 염색한 중국집 배달원을 본 적이 있을 것이다. 오토바이를 타고 대로변이나 마을 골목길을 위험하게 질주하는 노랑머리들을 보며 보나마나 미친 놈이군, 하고 증오를 퍼부었거나 아니면 제 부모 속 꽤나 썩이는 놈이겠군, 하고 혀를 차며 동정을 보냈을 거라고 생각한다. 아무튼 좋다. 다만 평소에 여러분이 노랑머리 중국집 배달원에 대해 크게 잘못된 선입관을 가지고 있다는 점은 여기서 분명히 말씀드리고 넘어가야겠다. 여러분은 중국집 배달원을 도저히 구제할 수 없는 문제아로 본다. 특별한 이유도 없이 말이다.
　우리 나라의 모든 중국집 배달원들의 이름을 걸고 말하건대, 그들은 여러분이 걱정하실 만큼 문제적 인간이 아니다. 그걸 증명하기 위해 나는 열일곱 살 무렵에 내가 사귄 중국집 배달원 전부를 모아놓고 그들의 이야기를 하나하나 들려줄 수도 있다.

하지만 여러분이 싫어하실 것 같다. 여러분 중 어느 누구도 중국집 배달원들이 한꺼번에 모이는 걸 좋아하는 사람이 없기 때문이다. 어른들은 아이들이 모이는 것을 싫어한다. 가령, 어른들이 오토바이 폭주족을 귀찮아하거나 두려워하는 까닭도 그들이 혼자가 아니라 함께 모여 움직이기 때문이 아니겠는가.

어쨌든 어른들의 말대로 내가 문제아라면 나는 부모 중의 한 분이 계시지 않거나 고아여야 한다. 학교에는 다니지 않고, 다니더라도 밥먹듯이 결석을 해야 하고, 툭하면 친구들하고 싸워 자나깨나 얼굴에 상처 딱지가 앉아 있어야 한다. 씀씀이가 헤퍼서 용돈이 떨어지면 아무런 죄책감 없이 도둑질을 해야 한다. 옷차림이 단정하지 못해야 하고, 긴 손톱 밑에 낀 때를 씻지 않아야 한다. 그리고 무엇보다 어른들이 거의 광적으로 지대한 관심을 보이는 학교 성적이 형편없어야 한다.

그런데 나야말로 그런 비극적 요소와는 상관없는 아이였다는 게 오히려 비극이었는지도 모르겠다.

대부분의 아이들은 시험 성적표가 집으로 배달되는 것을 달가워하지 않았다. 그래서 자기 집 주소를 다른 데로 써 냈다가 들통이 나서 담임 선생한테 죽지 않을 만큼 흠씬 두들겨맞는 아이도 있었다.

그러나 나는 시험 성적표가 집에 도착하는 날을 손꼽아 기다리던 아이였다. 초등학교 때부터 고등학교 다닐 때까지 1등을 놓쳐본 적이 없었다. 아니, 딱 한 번, 1등을 놓친 적이 있기는 있다. 중학교에 갓 입학해서였다.

어느 날 미술 선생은 아주 쉬운 그리기 숙제를 내주겠노라고 말했다. 그것은 바다를 소재로 풍경화를 그려 제출하는 일이었다. 바닷가에 살고 있는 아이들한테 그건 흔히 하는 말로 '누워서 식은 죽 먹기'일 수도 있었다. 연필로 밑그림을 그린 뒤에 물감을 풀어 쓱쓱 칠하기만 하면 되는 일이었으니까 말이다.

그런데 4절 스케치북을 펼쳐놓았으나 막상 나는 아무것도 그릴 수가 없었다. 중학생이 되고 나서 처음 그리는 그림인데 함부로 그려 낼 수는 없다는 생각을 했던 것 같다. 바다는 눈만 뜨면 바라보였지만 나는 뭔가 좀 다르게, 뭔가 좀 특색 있는 그림을 그리고 싶었다.

나는 바닷가로 나갔다. 나무를 제대로 그리려면 그 나무를 오래오래 바라보아야 한다던 미술 선생의 말이 떠올랐다. 나는 바다를 오래오래 바라보았다. 그러나 바다는 매일 바라보던 그 파도와 그 수평선뿐이었다. 나는 바다가 색다른 풍경을 보여줄 때까지 해변에 앉아 기다렸다.

그러나 곧 해가 졌다. 바다는 아예 어둠 속으로 숨어 들어가 버렸다. 숙제를 해갈 수가 없었다.

"있는 그대로 그려라."

숙제를 못해 간 내 머리를 쓰다듬으며 미술 선생이 말했다.

그래, 있는 그대로 그리자.

그 다음날 내가 그려간 바다 그림은 바로 이것이다.

미술 선생은 책상 위에 놓인 내 그림을 브고 한동안 입을 열지 않았다. 나는 내 옆에 서 있는 미술 선생의 얼굴을 쳐다볼 수 없었다. 대단한 찬사와 혹독한 꾸중 사이에서 나는 엉거주춤 앉아 있을 수밖에 없었다. 만약에 찬사가 아니라 꾸중을 듣게 되면 나는 말하리라. 이 그림은 바다를 있는 그대로 그린 거라고, 바다는 너무 푸르고 넓어서 이 도화지를 뛰쳐나오려고 한다고.

나는 의자에 앉은 채로 미술 선생의 얼굴을 가만히 올려다보았다. 그는 한 손을 이마에 대고 눈을 찡그리고 있었다. 그리고는 찬사도 꾸중도 아닌 말을 탄식처럼 조용히 내뱉었다.

"다시 그려 오너라, 좀더 구체적으로."

집으로 돌아와 나는 고민에 빠졌다. 바다를 좀더 구체적으로 그리는 방법을 생각하느라고 저녁밥도 걸렀다. 도화지 왼쪽 아래에다 바위섬을 그리고, 물결이 넘실거리는 해안으로 갈매기를 몇 마리 날려볼까? 포구로 깃발을 올리고 들어오는 어선을 그려볼까? 아니면 해수욕장의 흰 모래밭과 현란한 여름 풍경을 그려볼까? 수많은 풍경들이 내 머리를 스치고 지나갔다. 하지만 내가 딱히 그리고 싶은 소재가 손에 잡히지 않았다. 그저 남들이 그리는 대로 한심하게 바다를 그릴 수는 없었다. 상투성이 예술의 적이라는 것쯤은 그 당시의 나도 알고 있었다. 그러다가 시계가 자정을 가리킬 무렵에야 마침내 한 점의 그림을 완성할 수 있었다.

그 다음날 내가 그려간 그림은 미술 선생의 말대로 좀더 구체적인 그림이다.

내가 스케치북을 펼치자마자, 덩치 큰 짐승의 목소리가 들렸다.

"선생님한테 반항하는 거야?"

무엇인가 넓고 두터운 물체가 내 뒤통수를 후려쳤다. 미술 선생의 화물선만한 손바닥이었다. 눈알이 튀어나온다는 표현은 바로 이럴 때 써야 할 것 같다. 실제로 눈알이 밖으로 튀어나왔는지 아닌지 확인할 수 없을 정도로 눈앞이 캄캄했다. 수런거리던 교실 안이 찬물을 끼얹은 듯 잠잠해졌다. 내 동무들은 경악했으리라. 내가 학교에서 그렇게 우악스럽게 맞는 모습을 동무들은 생전 처음 목격하는 중이었으니까.

내가 미술 선생이었다면, 나는 이 그림을 보고 이렇게 말했을 것이다.

"오호라, 수평선 위로 갈매기들이 많이도 날고 있구나."

그리고 까칠까칠한 내 머리를 쓰다듬으며 이렇게 칭찬을 했을 것이다.

"넌 벌써 리처드 바크의 《갈매기의 꿈》을 읽어본 모양이로구나!"

그 미술 시간에 내가 그림에 대해 꼬치꼬치 설명하지 않은 것은 내 실수였는지도 모른다. 하지만 나는 그때 내 실수를 침착하고 냉정하게 돌아볼 수 있을 정도로 조숙한 아이가 아니었다.

그래서 미술 실기에서 최하점을 받아 전체 1등이라는 영예를 다른 아이한테 넘겨준 커다란 슬픔 때문에 얼마 동안 이성을 잃고 문제아처럼 행동했던 것은 사실이다. 내 그림을 이해하지 못하는, 아니 조금도 상상력을 발휘할 줄 모르는 미술 선생이 보기 싫어 그날 이후 학교 운동장이나 복도에서 그를 마주치게 되면 인사도 하지 않고 고개를 돌렸다. 그리고 미술 시간이 되면 수업이 끝날 때까지 책상 위에 팔베개를 하고 엎드려 잠을 잤다.

나는 인정한다. 지금 생각해봐도 그건 확실히 문제 있는 반항아의 태도였다.

내가 미술 시간에 잠을 잘 수 있었던 시간은 일주일을 넘기지 못했다. 미술 선생이 나의 불손한 수업 태도를 담임에게 일러바치고 담임이 집으로 전화를 걸어 결국 우리 아버지를 학교 상담실로 나오게 한 것이었다.

아버지는 담임과 미술 선생을 만나자마자 머리가 땅에 닿도록 허리를 굽히고 또 굽혔다. 마치 나한테 보라는 듯이. 그리하여 나는 담임이 시킨 대로 반성문을 썼다. 최대한 문장력을 동원해서 미술 선생에게 용서를 빌어야 했다.

내가 문제아라면, 여러분 말대로 구제할 수 없는 문제아라면 그런 참회의 반성문을 쓰지도 않았을 것이다. 친구들이 왁자지껄 떠들며 걸어다니는 찬 복도 바닥에 무릎을 꿇고 앉아서 말이다.

내가 바닷가에서 태어나고 거기서 자랐다고 말하면 사람들은 제일 먼저 집에 고기잡이배가 있느냐고 묻곤 했다. 우리 집에 고기잡이배가 없다고 대답하면 사람들은 금세 의아한 표정을 지었다. 그리고는 바닷가에서 고기를 잡지 않으면 뭘 걱고 사느냐고 물었다. 우리 집에 고기잡이배가 없었을 뿐 바닷가 포구 마을에 왜 고기잡이배가 없겠는가. 우리 마을 사람들 거의 절반은 배를 타고 고기 잡는 일을 생업으로 삼았다. 대낮에 입에서 술 냄새를 풍기며 허리까지 올라오는 긴 장화를 신고 걸어가는 사람은 모두 배를 타는 내 친구의 아버지들이었다. 그래서 아주 어릴 적에 나는 엉뚱하게도 내 친구의 아버지들이 목욕하는 모습을 혼자 상상해보기도 했다. 허리 위쪽은 영락없이 흑인을 닮았지만 두꺼운 장화를 늘 신고 다니는 하체는 백인을 닮지 않았을까, 하고 말이다. 어떤 친구는 자기 아버지의 손바닥이 억센 그물을 건지느라 기왓장처럼 딱딱하다는 말도 했는데, 물론 어린 아들의 친구에게 손바닥을 만져보게 할 정도로 어른들이 우리에게 관대했던 것은 아니다.

내 친구들, 그 중에서도 고기잡이배를 타는 아버지를 둔 아이들은 나를 무척이나 부러워했다. 우리 아버지의 몸에서는 생선 비린내도 담배 냄새도 나지 않았다. 아버지는 초등학교 교사였던 것이다. 나는 아버지의 옷에서 나는 향긋한 분필 냄새와 검은 뿔테 안경, 그리고 깃이 넓은 철 지난 양복을 특히 좋아했다.

"남들이 내 옷을 유행 지난 옷이라고 하지만, 깃이 이렇게 넓은 게 얼마나 다행인지 모른다. 언제든지 줄여 입을 수가 있거든."

아버지는 당신의 과거를 이야기하면서 종종 똥구멍이 찢어지도록 가난하게 살았다는 표현을 썼다. 가난하면 가난했지 왜 하필이면 상스럽게 똥구멍이 찢어진다고 할까, 나는 그게 늘 궁금했었다. 옛날에 가난한 사람들이 먹을 게 없어서 더러는 석회 비슷한 흙을 먹기도 했다는 것, 그 석회 성분이 뱃속에서 변비를 만들어 똥을 눌 때마다 항문이 찢어지는 아픔을 느꼈는데, 그 말이 거기서 생겨났다는 것을 나중에야 알게 되었지만.

내가 태어나기 전, 그러니까 똥구멍이 찢어지도록 가난하게 살던 시절, 교직에 첫발을 내디딘 젊은 아버지의 꿈은 가게에 외상을 달지 않고 담배를 피워보는 일이었다. 그런데 막상 그 꿈이 이루어지자 아버지는 그 좋아하던 담배를 뚝 끊어버렸다. 돈을 담배연기로 태워 날릴 수 없다고 생각했던 것이다. 아버지는 돈을 아끼고 아껴 할아버지가 노름을 해서 잃어버린 땅을 한 마지기 두 마지기 사들였다. 그야말로 아버지는 잃어버린 옛 땅을 회복하는 꿈 하나로 살았던 저 고구려의 장수왕 못지않은 분이었다.

그밖에도 아버지가 나를 감격시킨 일은 한두 가지가 아니었다. 내가 초등학교를 졸업할 무렵이었다. 그때의 감격을 얘기하면 여러분은 아버지가 왜 나의 우상이었는지 알게 될 것이다.

학교에서 퇴근한 아버지는 학교 운동장으로 나를 데리고 갔다. 우리가 학교 관사에서 살고 있을 때였으므로 대문에서 발을 한 걸음만 옮기면 바로 운동장이었다. 그날 아버지는 나에게 깜짝 놀랄 만한 선물을 주었다. 오토바이 타는 법을 손수 가르쳐주시겠다는 거였다.

그때 내가 얼마나 기뻐했는지 여러분은 모를 것이다. 딱 한마디만 하자. 아버지의 그 말을 듣는 순간 나는 바다 위로 은빛 몸을 번쩍이며 튀어오르는 숭어가 된 기분이었다. 아버지는 나를 번쩍 들어 오토바이 위에 앉혔다. 오토바이 안장은 구름처럼 푹신푹신했고 나는 너무 감격한 나머지 울고 싶을 지경이었다. 그렇다고 내가 실제로 울었다는 것은 아니다. 만에 하나 그 좋은 날 눈물을 보였다가는 내가 겁을 먹은 줄로 오해하고 아버지가 나를 오토바이에서 내리게 할 수도 있었다.

"핸들 오른쪽에 있는 것이 액셀러레이터고 자전거와 마찬가지로 레버는 앞바퀴 브레이크야. 그리고 핸들 왼쪽의 레버는 클러치라고 하는 거란다. 뒷바퀴 브레이크는 잘 봐라, 오른쪽 발 밑에 있지? 왼쪽 발 밑에는 무엇이 있냐? 바로 기어라는 거야. 변속을 할 때 쓰는 거지……."

아버지가 굳이 가르쳐주지 않아도 나는 이 기 오토바이에 대해서 알 만큼은 알고 있었다. 관심을 가지고 오래 생각하다 보면 모르던 것도 저절로 머릿속에 들어와 있게 되는 법. 그 당시 내 또래 아이들의 꿈은 오토바이 핸들을 잡고 멋지게 한번 달려보는 것이었다. 아버지나 형들의 허리를 붙잡고 오토바이 뒤꽁무니에 매달려 가야 하는, 젖비린내 나고 수동적인 과거를 우리들은 청산하고 싶었던 것이다. 누구라도 그랬다. 하지만 내 친구들의 아버지는 아들이 오토바이에 관심을 가지는 것을 못마땅하게 여겼다.

"오토바이에 손을 댔다가는 다리몽둥이가 부러질 줄 알아라."

자나깨나 이런 말을 들으며 오토바이를 보며 군침만 삼켜야 했던 내 친구들이었으니, 나를 얼마나 부러운 눈빛으로 바라보았겠는가. 아버지가 나에게 직접 오토바이 타는 법을 가르쳐주었다는 소문은 삽시간에 학교 전체로 퍼져나갔다. 그 며칠 동안 나는 친구들에게 오토바이 안장 위에 앉으면 왜 구름을 타고 날아가는 기분이 드는지 최초의 경험자로서 입에 침이 마르도록 설명을 해주어야 했다.

아버지는 그런 분이었다. 중학교에 들어가자마자 내가 미술 선생에게 곤욕을 치른 것을 알고 만사 제치고 학교로 찾아와 백배 사죄한 사람도 아버지였으며, 그 이후 집에서 그리기 숙제를 할 때마다 손수 붓을 잡고 거듦으로써 아들을 기어이 학년 전체 1등 자리에 오르도록 한 사람도 아버지였다. 이렇게 자상하고 너그러운 아버지와, 아버지가 애지중지하는 외동아들인 나, 그리고 우리 집에 누가 있나?

그 존재가 너무 미약해서 어지간해서는 잘 보이지 않는, 얼굴에 기미가 까맣게 앉은 파출부가 한 사람 있었다. 바로 우리 엄마다. 엄마를 파출부, 라고 쓰고 나니 나는 가슴이 아프다.

엄마는 밥하고 빨래하는 일, 학교 관사의 텃밭에 상추며 파를 심고 가꾸는 일말고는 도무지 자신의 의견을 내비치지 않는 사람이었다. 서른을 넘긴 노총각 선생에게 시집왔을 때부터 아들이 키가 껑충한 고등학생이 될 때까지 엄마는 집에서 바보같이 일만 했다. 엄마는 관광버스를 타고 남들이 다 가는 온천도, 단풍 구경도, 선진지 시찰도 가지 않았다. 그 시간에 엄마는 아버지의 흰 와이셔츠를 다렸으며, 여태 당신을 한 번도 태워준 적이 없는 아버지의 오토바이를 윤이 반질거리도록 닦았으며, 빨랫줄 끝에서 끝까지 이불 호청을 혼자서 널었으며, 고춧가루를 빻기 전에는 붉은 고추를 일일이 가려 물걸레로 닦았으며, 가을에는 일제 때 심었다는 관사의 은행나무가 그렇게 많이 낙엽을 토해내도 군소리 한마디 하지 않고 빗자루로 쓸었으며, 아버지가 사들인 논에 모를 심고 추수하는 일까지 도맡아 했다.

그런데 나에게 그렇게 자상하고 너그러운 아버지도 엄마를 보면 고양이가 쥐를 다루듯 함부로 대했다. 그렇지만 우리 엄마는 불평 한마디 없이 기꺼이 쥐가 되었다.

열일곱 살, 나도 이 세상에 대해 책임을 좀 지고 싶었다. 그런데 내가 막상 열일곱 살이 되었을 때 나에게는 책임질 일이 아무것도 없었다. 집은 여전히 따뜻했고, 학교는 나에게 그 흔한 농담 한번 걸어오지 않았다. 면소재지에서 떨어진 분교로 전근을 간 아버지는 아침 여덟 시 10분 전에 어김없이 오토바이 시동을 걸었고, 엄마는 오른손으로 녹슨 대문 귀퉁이를 잡고 아버지가 보이지 않을 때까지 서 계셨다. 내가 책임져야 할 것은 가방 속에 들어 있는 두 개의 도톰한 도시락뿐이었다. 수평선을 보며 학교로 걸어갔다가 다시 수평선을 보며 집으로 돌아오는 날들이 평생 동안 끝나지 않을 것 같았다.
　아버지는 달랐다. 아버지는 평생 수평선을 바라보고 살아왔으면서도 그 자부심이 대단했다. 고향에서 멀어질수록 인간성이 더럽혀

진다는 말은 어릴 적부터 아버지한테서 자주 듣던 말이다. 나는 선뜻 수긍할 수 없었지만, 사회에 범죄가 많이 늘어나는 것도 사람들이 고향을 잊어버렸기 때문이라고 했다.

아버지가 애향심이 얼마나 강한 사람인지 우리 군내에서는 모르는 사람이 거의 없을 정도였다. 어느 해인가 아버지는 우리 면의 여러 자연부락에는 저마다 고유한 이름이 있다는 사실에 착안해서 동네 입구마다 이름을 돌에 새겨 세우자는 제안을 내놓았다. 청년회에서도, 농어민 후계자회에서도, 4-H회에서도, 향우회에서도 반대하는 사람이 있을 리 없었다. 면민들은 흔쾌히 돈을 모아 동네 어귀마다 표석을 세웠고, 그 돌을 세우는 날은 풍물을 치며 한바탕 잔치를 벌였다.

이 사실을 면장으로부터 보고받은 군수는 지방자치시대에 걸맞은 '굿 아이디어'라면서 무릎을 쳤고, 급기야 우리 군내의 모든 자연부락 앞에는 마을 이름이 당당하게 돌에 새겨져 자리를 잡게 되었다.

아버지는 군청이며 교육청으로 표창장을 받으러 다니느라 한동안 바빴다. 바닷가 고향을 떠나지 않고 후학들을 가르치는 진정한 교사라는 칭송을 한몸에 받으면서 말이다.

아버지의 상복은 그 해에도 그치지 않았다. 〈비행 청소년 지도에 관한 지역사회와 학교의 공조 체제 연구〉라는 다소 긴 제목의 논문이 교육부장관상을 받게 되었다는 소식을 듣고 아버지는 내 앞에서 엄마를 와락 껴안는 놀랄 만한 행동을 보여주기도 하였다. 아버지에 의하면, 장차 교감으로 승진하는 데 결정적인 기여를 하게 될 상이라는 것이었다.
 어쨌든 그 상을 받으러 아버지가 서울로 올라가신 날이었다. 월요일 오전에 열리는 시상식에 참석하기 위해 아버지는 하루 앞당겨 일요일에 서울로 가는 버스를 탔다. 내 기억으로는 그 무렵 아버지가 우리 집이 아닌 객지의 다른 집 지붕 아래에서 잠을 잔 적이 거의 없었다. 낯선 서울에서 하룻밤을 묵어야 한다는 일이 심란했던지 아버지는 버스가 떠나기 전에 자못 심각한 표정으로 말했다.
 "서울은 사람 살 곳이 못 돼."
 애향심으로 똘똘 뭉쳐 있는 아버지다운 발언이었다. 서울에서 살아보지도 않고 서울에 대해 자신 있게 말할 수 있는 사람은 아버지밖에 없을 것이다.

 아버지를 태운 버스가 출발하자, 나에게는 해방이 왔다.
 "야, 한번 뛰자."
 네 명이 모였다는 연락이 왔다. 여름방학인데도 보충수업을 하러 학교에 나가야 했던 우리는 그날을 손꼽아 기다렸다. 그 해 여름에 해수욕장을 개장한 이후 가장 많은 피서객이 모여든다는 날이기도 했다. 왜냐하면 해마다 한 차례씩 열리는 '해변미인선발대회'가 그 팡파르를 울리는 날이었던 것이다.
 다시 한번 말씀드리지만 그 당시 나는 열일곱 살이었다. 이미 열일곱 살을 훌쩍 통과한 분들은 기억이 흐릿하겠지만, 열일곱 살이란, 여자라는 말만 들어도 가슴에 휘발유를 뿌리고 성냥을 그어댄 것처럼 불꽃이 활활 타오르는 나이다. 게다가 그저 그렇고 그런 여자가 아니라 핫팬츠와 비키니 차림의 팔등신 미인들이 눈앞에서 새콤달콤하게 발걸음을 옮긴다고 생각해봐라. 그 좋은 구경거리가 다섯 시간이나 버스를 타고 가야 하는 서울에서 열리는 것도 아니고 우리 면의 해수욕장에서 열리는데 그걸 놓칠 수야 없지 않겠는가.

우리가 모이기로 한 면사무소 앞 팽나무에서 매미들이 유난히 크게 울었다. 오토바이의 시동을 걸자 매미들이 울음을 뚝 그쳤다. 매미들도 놀랐을 것이다. 우리가 얼마나 액셀러레이터를 세게 잡아당겼는지.

우리는 단숨에 2차선 해안도로로 접어들었다. 그러나 해수욕장까지 가는 데는 15분이면 충분했으므로 서두를 것도 없었다. 게다가 커브가 잦은 해안도로에서 과속하는 것은 목숨을 건 행동이나 다름없었다.

앞뒤로 자동차가 보이지 않는 직선도로에서 우리는 폭주족 흉내를 좀 내보기로 하였다. 이른바 다이아몬드 대형으로 각자 자리를 잡았다. 빠라빠라 하고 울리는 경음기를 단 친구가 선두에 나섰고, 둘은 내 양쪽에, 그리고 나머지 하나는 내 뒤를 쫓는 모양이었다. 비행기의 편대 비행이 그러하듯이 서로간의 간격을 일정하게 유지하는 일이 무엇보다 중요했다. 전후좌우로 거의 정확하게 줄이 맞는 것을 확인하고 우리는 시속 60킬로미터에서 85킬로미터까지 속도를 높였다. 그리고는 곧 100킬로미터가 되도록 액셀러레이터를 당겼다.

해안도로는 잔잔한 강물과도 같았다. 아버지의 잘 정비된 125cc 오토바이 마그마, 그리고 어머니가 정성 들여 닦아놓은 마그마의 낮고 커다란 시트에 올라탄 나는 강줄기 한가운데로 배를 타고 미끄러지듯 달렸다. 광폭 타이어가 주는 안정감도 나를 흡족하게 했다. 오토바이를 타고 달리는 동안은 역시 나 자신을 완벽하게 책임질 수 있다는 생각이 들었다. 마그마의 속도는 아주 통쾌했고, 아주 깨끗했고, 그리고 아주 빨랐다.

해수욕장 위에 띄운 애드벌룬이 눈에 들어왔다. '해변미인선발대회'를 알리는 내용이었다. 두어 달 전까지만 해도 을씨년스러운 난민촌 같았던 해수욕장 쪽이 뜨거운 햇볕 아래 완전히 활기를 되찾은 듯이 보였다. 해변의 울창한 소나무 숲 사이 비치 파라솔 아래에는 벌거벗은 몸뚱이들이 이리저리 오가고 있었다.

해수욕장이 가까워지자 우리는 다이아몬드 대형을 풀고 한 줄로 달리기로 했다.

내가 친구를 앞질러 선두로 나서려고 할 때였다. 갑자기 도로 위에 얼룩덜룩한 구렁이 한 마리가 가로누워 있는 게 보였다. 봄에 왔을 때는 설치되어 있지 않았던 요철이었다. 난처했다. 나는 속도를 줄일 것인가, 그대로 뛰어넘을 것인가 잠깐 생각하다가 최대한 속도로 내 요철을 뛰어넘기로 결심했다.

나는 액셀러레이터를 잡아당겼고……. 앞바퀴가 요철에 닿는 순간이었다. 아버지의 마그마는 공중으로 날아오르더니 요란한 엔진소리와 함께 길바닥 위로 나동그라지고 말았다. 오토바이는 마치 발광하는 돼지 같았다. 제동 성능이 좋다는 마그마도 길바닥에 드러누워서는 한 마리 뚱뚱한 돼지일 뿐이었다.

내가 오토바이를 가눌 수 없는 상황이 되자, 거무튀튀한 아스팔트가 무작정 오토바이와 나를 끌고 가기 시작했다. 어떻게 손을 쓸 수가 없었다. 그렇게 한참을 끌려간 뒤에 무슨 둔탁한 물체에 오토바이는 부딪혔고, 나는 슈퍼맨이 되어 혼자 날아갔다. 슈퍼맨이라면 당연히 걸치고 있어야 할 망토도 어깨에 걸치지 않고 맨몸으로 말이다.

친구들은 내가 죽은 줄 알았다고 했다. 동네에서 내려오는 하수가 웅덩이를 이루고 있는 도로 옆 도랑에 내 거리가 그대로 꽂히는 것을 친구들은 똑똑히 보았다. 얼굴이 하얗기 질린 친구들이 거꾸로 꽂힌 나를 허겁지겁 길 위로 건져올렸을 때 친구들은 내 눈과 코가 어디에 붙었는지 분간할 수가 없었다. 갑자기 닥친 사고여서 놀라기도 했지만 내가 머리 꼭대기부터 턱 끝까지 실지렁이가 우글거리는 시커먼 진흙을 뒤집어쓰고 있었으니 그럴 만도 했을 것이다.

구급차가 해수욕장에 온 사람들의 한가한 시간을 구기며 달려올 때까지도 나는 축 늘어져 있었다. 내가 정신을 차린 건 구급차 속에서였는데, 눈을 뜨자마자 나는 오토바이의 안부를 물었다. 하지만 누군가 손가락을 내 입에 갖다대며 말을 하지 말라고 했다.

운명이란 정말 종이 한 장 사이에서 왔다갔다하는 것인가 보았다. 다리와 팔에 몇 군데 찰과상을 입은 것을 빼고는 내 몸이 믿어지지 않을 정도로 말짱했다. 도랑에 처박히면서 물 속의 썩은 진흙이 스펀지 구실을 했던 것이다. 사고 소식을 듣고 병원으로 달려온 엄마의 놀란 가슴이 채 진정되기도 전에 나는 병원에서 나왔고, 옆에 있던 친구에게 오토바이가 어떻게 되었느냐고 물었다.

"오토바이가 길 옆의 바윗돌에 부딪히는 순간, 네가 하늘로 붕 날아가더라."

친구는 손으로 포물선을 그리며 말했다.

사고는 해수욕장 윗마을로 들어가는 입구에서 일어났다. 돌이킬 수 없는 과오였다. 그런데 아버지의 오토바이 마그마는 그 마을 이름을 새겨놓은 길쭉한 바윗돌을 들이박고는 다시 고쳐 쓸 수 없을 정도로 조각나버리고 말았던 것이다. 다른 데도 아니고, 하필이면 아버지의 애향심과 아이디어가 발동해 세워진 그 바위에다 말이다.

그리고 그 다음에, 아버지가 서울에서 받은 상패를 들고 자랑스럽게 집으로 돌아온 후에, 어떤 일이 일어났는지 나는 다시 생각하기도 싫다.

아버지는 나를 내 방으로 보낸 뒤에 방문을 잠갔다. 그때 들었던 찰칵, 하는 소리가 내 가슴을 짓누르기 시작했다. 아버지는 엄마에게 따지듯이 소리쳤다.

"애가 죽었으면 어떻게 되었겠어!"

곧이어 엄마의 비명소리가 들렸다. 아버지가 엄마 위에 왕처럼 군림했던 것은 사실이지만 열일곱 살이 될 때까지 엄마에게 손찌검을 하는 일은 본 적이 없었다. 그때가 처음이었다. 그래서 내가 받은 충격은 그만큼 더 컸다. 아버지는 "애가 죽었으면 어떻게 되었겠어!"라는 말만 되풀이했다. 엄마의 비명소리가 내 귀를 찔렀다.

"오토바이는 어떻게 할 거야!"

지역 사회 주민과 학생들로부터 존경을 한몸에 받는 모범 교사가 이제는 오토바이를 핑계로 엄마를 무지막지하게 때리고 있었다.

장차 교감이 되어 다른 선생들보다 더 큰 책상 앞에 앉아 있어야 할 아버지가…….

아무 죄도 없는 엄마는 대꾸 한번 하지 않고 아버지의 주먹을 받아들이고 있었다. 아버지의 오토바이 열쇠를 꺼내 엄마 몰래 해수욕장 쪽으로 달려간 것도 나였고, 매를 맞고 혼이 나야 할 사람도 나였다. 엄마는 나를 대신해서 맞고 있는 것이었다.

방문을 부수고 들어가서라도 엄마를 구해야 했다. 그러나 나는 엄마를 구하러 뛰어 들어가지 못했다. 나는 비겁하게도 머리를 쥐어뜯으며 귀를 틀어막고 내 방에 있었다.

엄마는 소리도 지르지 않았다. 엄마 입에서 아무 소리도 새어나오지 않자, 아버지는 그때서야 때리는 것을 멈추고 방문을 세차게 닫고는 밖으로 나갔다.

엄마는 정말 쥐가 되어 방구석에 죽어 있었다. 흐트러진 머리카락으로 엄마는 방바닥에 엎드려 있었다. 엄마의 화장대 거울은 깨져 산산조각이 났고 찢긴 옷가지들이 방 안에 걸레처럼 나뒹굴고 있었다. 엄마의 손등에는 짐승에게 할퀸 듯이 서너 줄기 피가 흐르고 있었다. 피를 닦을 생각도 하지 않고 엄마는 엎드려 흐느꼈다. 행여라도 울음소리가 담 밖으로 흘러나갈까봐 그러는지 엄마는 소리 죽여 울고 또 울었다.

나는 이해할 수 없었다. 잘못은 엄마가 저지른 게 아니었다. 오토바이를 타고 나간 사람도 나였고, 사고를 낸 것도 나였다. 엄마가 아버지에게 매를 맞아야 할 이유는 아무것도 없었다.

날이 어두워졌는데도 매미 울음소리가 그치지 않았다. 매미는

여름날 며칠을 울기 위해 4, 5년 동안 몇 번씩 허물을 벗는다. 나는 열일곱 살이 되도록 여태 허물을 한 번도 벗지 못한 매미였다.

만리장성에서의 생활도 어느덧 한 달을 넘기고 있었다. 그 동안 집으로 한 번 전화를 했다. 물론 아버지가 집에 계시지 않는 시간을 택해서 말이다. 나는 엄마에게 걱정하지 마시라고 말했다. 엄마는 울면서 당신이 잘못했다고 말했다. 누구도 탓하지 않겠다고 하셨다. 나는 엄마의 그 말이 듣기 싫어 전화를 먼저 끊었다. 엄마는 하나도 변하지 않았던 것이다. 차라리 엄마도 더이상은 견딜 수 없다고, 나처럼 집이라도 나가고 싶다고 말했더라면 내 마음이 조금은 찡해졌을지도 모른다.
　주방장이 자주 잔소리하는 것을 제외하면 모든 게 견딜 만했다. 만리장성에 음식을 시켜 먹는 상가 사람들하고도 제법 관계가 친밀해졌다. 상가 사람들은 입만 떼면 경기가 좋지 않다고 울상을 지었지만, 그 중에서도 가장 장사가 안 되는 집은 뭐니뭐니해도 '순화

미장원'이었다. 아줌마의 이름을 따서 지은 미장원 이름 때문에 사람들은 그녀를 순화 아줌마라고 불렀다. 순화 아줌마가 결혼을 했는지 안 했는지 이 동네에서 아는 사람은 아두도 없었다.

내가 순화 아줌마의 남편은 무얼 하냐고 주방장에게 물었을 때 그는 주저앉은 코뼈(그의 주장에 의하면 군에서 럭비를 하다가 다친 영광의 상처)를 어루만지며 소리를 바락 질렀다.

"양파나 더 까, 임마!"

30대 후반의 순화 아줌마는 얼굴이 계란 모양으로 갸름했으나 허리는 나이보다 훨씬 굵어 보였다. 아줌마는 겨울에도 굵은 단무지 같은 팔이 훤히 드러나도록 짧은 셔츠를 입고 미용사들이 흔히 입는 가운도 입지 않은 채 일을 했다.

상가 사람들은 순화 아줌마가 영업의 '영' 자도 모르는 여자라고 수군거렸다. 도시에서 미장원을 하면서 가게 운영에 대한 감각이 뒤처진다는 것이었다. 미장원 소파 앞에 구비해놓은 여성 잡지들은 대개 나온 지 1년이 훨씬 넘은 것들이었다. 그리고 무엇보다 순화 아줌마는 말이 많고 일은 느렸다. 간단히 더리를 자르는 데도 한 시간이 걸릴 정도였다. 동네 아줌마들이 순화미장원에 파마를 하러 왔다가 어느 때는 시장 보러 가는 것을 포기해야 했고, 어느 때는 식구들의 저녁 밥상을 차릴 시간을 놓치기도 하였다. 그 덕분에 길 건너편 한울약국 옆에 젊은 미용사가 삐삐헤어숍이라는 간판을 내걸고 나서부터 순화미장원에는 손님의 발길이 눈에 띄게 줄었다는 것이었다. 배달을 가다가 미장원을 들여다보면 아줌마 혼자 거울 앞에서 하품을 하며 앉아 있기 일쑤였다.

"만리장성에 새로 온 총각이구나!"

머리를 염색하기 위해 미장원에 들어서자, 순화 아줌마는 말끝을 염소 꼬리처럼 둥그렇게 감아올리면서 나를 맞이했다.

"빈 그릇은 아까 가져갔잖아?"

아줌마는 이상한 버릇이 있었다. 아줌마는 배달을 가거나 그릇을 되가지러 갈 때면 언제나 내 엉덩이를 두어 번 툭툭 두드리곤 했다. 만리장성에도 순화미장원에도 손님이 한 사람도 없는 한가한 오후였다. 아줌마는 반색을 하며 내가 학교에서 돌아온 아들이라도 되는 양 또 내 엉덩이를 툭툭 두드렸다.

"여기서도 노랑머리 하죠?"

"그럼."

아줌마는 눈을 흘기면서 의자에 앉으라고 했다.

"두 시간은 족히 걸릴 텐데……."

"우리 사장님께 말씀 드리고 왔어요. 오후 세 시가 넘으면 저녁 때까지 배달할 일이 별로 없거든요."

순화 아줌마는 스프레이로 머리에 물을 뿌리는 것부터 시작해서 능숙하게 머리를 만졌다. 미장원 의자에 앉아 바라보는 아줌마는 동네 사람들이 느려터지고 감각 없는 여자라고 비아냥대던 순화미장원의 그 주인이 아니었다. 그녀는 자기 일에 즐겁게 몰두하고 있었다.

"머리는 아주 샛노랗게 염색할 거야?"

"아뇨, 붉은 빛이 약간 섞인 노랑머리로 해주세요."

염색약을 바르면서 순화 아줌마가 말했다.

"총각이 멋쟁인가봐."

나는 얼굴이 화끈 달아올랐다. 나를 멋쟁이라고 추켜세웠기 때문이 아니었다. 거울을 등진 채 내 앞머리에다 노란 염색약을 바르는 순화 아줌마의 가슴이 내 눈앞으로 불쑥 다가왔던 것이다. 그녀의 흰 셔츠 사이로 두 개의 보름달이 서로 얼굴을 맞댄 형국으로 출렁이고 있었다. 나는 눈을 둘 데가 없어 질끈 감았다. 그래도 머릿속에 입력된 그림은 지워지지 않았다.

나는 천천히 눈을 떴다. 아줌마의 젖가슴은 여전히 한치도 물러날 생각을 하지 않고 눈앞에 그대로 있었다. 귓불이 뜨거워지고 있었다. 나는 다시 눈을 감았다.

그날 나는 순화미장원에서 노랑머리 염색을 하면서 뜻하지 않게 주방장의 코가 왜 납작하게 주저앉았는지 알게 되었다. 그것은 나하고는 상관이 없고 중요한 이야기도 아니다. 나는 열일곱 살이고, 내가 꿈꾸는 열일곱 살의 사랑 이야기를 지금 시작한다고 해도 내일 아침까지는 할 수 있을 것이다. 하지만 여기서 입을 다물면 여러분이 무척 궁금해할 것 같아서 내가 들은 이야기를 조금만 해보겠다.

주방장은 순화 아줌마를 누님이라고 불렀다. 별로 손댈 게 없는데도 곱슬머리를 다듬기 위해 자주 미장원을 찾아왔고, 더러는 사장 몰래 맛있는 요리를 만들어 오기도 했다. 군대에서 취사병 때 중국 음식을 요리하는 법을 배운 주방장은 제대하자마자 요리사 자격증을 딸 정도로 성실했다. 어릴 때 일찍이 부모를 잃고 할머니 밑에서 자란 주방장에게는 형과 누나가 있었다.
"형이 결혼한 뒤에 마누라 치마폭에 싸여 집을 돌아보지 않았대. 할머니도 돌아가시고 공장에 다니던 누나가 그나마 주방장에게 살갑게 대해줬던가봐. 그런데 그 누나마저 작년에 시집을 간 뒤로 주방장은 고아가 된 것처럼 외로웠던 거야. 나를 누님이라고 깍듯하게 부르는 이유를 알 것 같드라구."
순화 아줌마는 한숨을 쉬었다.
하루는 주방장이 순화미장원에 놀러와 있을 때였다.
"문을 닫을 때가 되었는데 갑자기 내가 아는 오빠가 들이닥쳤어."
그 사내는 순화 아줌마한테 다짜고짜 시비를 걸었고, 주방장의 머릿속에는 순간적으로 낯선 침입자로부터 아줌마를 지켜야 한다는 생각이 스치고 지나갔다.
소파에 앉아 있던 주방장은 사내를 향해 용감하게 돌진했다. 그리고는 머리로 그 사내의 배를 들이받았다. 황소처럼 식식거리며 말이다. 사내는 거구였음에도 미장원 구석에 어이없이 나가떨어졌다. 빗이며 가위, 화장품 같은 것들이 선반에서 우수수 떨어져내릴 정도였으니 사내의 충격도 만만치 않았다.
사내가 거기에서 일어나지 않았더라면, 설사 일어난다고 해도 뒤꽁무니를 빼며 미장원에서 나갔더라면 주방장의 의협심이 통쾌한 승리를 거두었을 것이다.
그런데 불의의 공격을 받은 거구의 사내는 엉덩이를 털고 벌떡 일어났다. 사내는 두 주먹을 움켜쥐었다. 그리고는 주먹으로 키 작은 주방장의 얼굴을 내리갈겼다. 딱 한 방이었다. 주방장의 얼굴에서 피가 흐르는 것을 보고 사내는 부리나케 미장원에서 빠져나갔다.

순화 아줌마가 주방장을 병원으로 데리고 갔을 때는 이미 그의 코뼈가 힘없이 주저앉아버린 뒤였다. 주방장은 자기 코를 주저앉힌 사내를 찾아내라고, 죽여버리겠다고 순화 아줌마한테 악을 썼다.

"오빠는 그 후로 전화도 한 통 없었어."

순화 아줌마는 상처가 완전히 아물 때까지 치료비를 대며 주방장을 보살폈다. 사내를 찾아 피해 보상을 받고 말겠다는 주방장을 달랜 것도 순화 아줌마였다. 상가 사람들이 눈치채지 못하도록 감쪽같이 말이다.

순화 아줌마는 주방장을 미워하지 않는다고 말했다. 그는 순화 아줌마를 누나도 아니고, 누님이라고 불러준 유일한 사람이었기 때문이다. 다만 그 후로 주방장이 순화미장원에 자주 놀러 오지 않는다는 것, 가끔 놀러 오더라도 커피만 한 잔 마시는 둥 마는 둥 하고는 횅하니 가버린다고 아줌마는 섭섭해하는 눈치였다.

순화 아줌마의 이야기는 거기서 끝났다. 순화 아줌마는 내 머리에 씌워진 비닐 커버를 벗겼다. 따라서 갑자기 나타났다가 사라진, 순화 아줌마가 오빠라고 부르는 그 사나이의 정체도 확인할 길이 없었다…….

"총각한테 내가 괜한 이야기를 했나?"

순화 아줌마가 내 엉덩이를 두 번 툭툭 두드리는 것으로 노랑머리 염색을 마쳤을 때는 이미 11월의 짧은 해가 미장원의 거울 아래

선반에 걸쳐졌던 빛을 거두어들일 시간이었다.

내가 그렇게 노랑머리로 염색한 모습을 주방장에게 보여주었을 때, 주방장의 표정이 어떠했는지는 굳이 말하지 않아도 짐작하실 수 있을 것이다. 그는 마치 못 볼 것을 보고 만 사람처럼 이를 악물었다가는 일그러진 얼굴로 소리쳤다.

"네 놈 콧대가 그렇게 높다는 거지? 어디 두고 보자!"

그 말을 듣고 나는 하마터면 웃음을 픽 터뜨릴 뻔했다. 아닌게아니라 주방장의 주저앉은 콧대가 내 눈에 커다랗게 들어왔기 때문이다. 말이 나왔으니 말이지, 주방장의 코에 비해 내 코는 월등히 높았다. 〈흐르는 강물처럼〉에 나오는 주인공 브래드 피트나 〈영웅일기〉에서 종횡무진 날고 뛰는 홍콩 배우 이연걸을 기억하시는지 모르겠다. 내 코는 그들의 코를 닮았다는 것만 말해두기로 하자. 까딱하면 여러분이 나를 왕자병 걸린 녀석으로 생각할 수도 있으니까.

"코끼리 짬뽕 한 그릇!"

동물원 얘기가 아니다. 코끼리가 짬뽕을 먹는다는 이야기는 머리에 털 나고 처음 들어본다고 혀를 내두르실 필요도 없다. 사장은 주문이 밀리는 점심때가 되면 곧잘 주문한 곳의 이름을 재빨리 줄여서 나에게 지시를 내리곤 했다. 이를테면 사장이 '롯데'라고 하면 나는 롯데아파트로 오토바이를 몰았고, 사장이 '대림'이라고 하면 공단 입구에 있는 '대림산업'으로 철가방을 싣고 달려갔다. 대림산업에 간짜장 일곱 그릇을 급히 배달하고 돌아와 숨을 좀 고르고 있는데, 코끼리편의점에 짬뽕 한 그릇을 배달하라는 명령이 떨어졌다.

나는 코끼리편의점에 배달 가는 것을 좋아했다. 예쁘장한 점원이 편의점 계산대에 앉아 웃고 있기 때문이 아니다. 그 계산대에는 한 40년 전에는 분명히 예쁘장한 처녀였을 할머니가 있고, 또 그 옆에는 한 40년 전에 분명히 처녀의 애인이었을 할아버지가 그림자처럼 앉아 있을 뿐이다. 마치 연애를 하는 사람들처럼 말이다. 이 노부부는 두 분 다 머리 위에 하얗게 눈을 덮어쓰고 있었는데, 그렇다고 기력이 쇠잔한 꼬부랑 노인들은 아니었다. 공무원으로 꽤 높은 자리에서 근무하다가 정년 퇴직했다는 할아버지는 언제나 깨끗하게 면도한 얼굴로 허리를 꼿꼿하게 펴고 걸어다녔다. 할머니도 이에 못지않았다. 누군가 편의점에서 손에 들고 갈 수 없을 정도로 물건을 많이 사게 되면 할머니는 즉시 계산대 서랍에 넣어둔 흰 장갑을 꺼냈다. 그리고는 주차장에서 승용차를 끌고 와서 그 사람의 집까지 태워다주는 서비스를 베풀었다.

편의점의 이 멋쟁이 노부부는 만리장성에 음식을 자주 주문하는 편이 아니었다. 점심은 주로 집에서 가져온 도시락으로 해결을 했다. 그러다가 날씨가 춥거나 비가 오는 날은 더러 뜨거운 국물을 떠올리며 만리장성으로 전화를 걸었다. 2002이발관 아저씨가 변함없이 우동 한 그릇을 시키는 것처럼 코끼리편의점도 꼭 짬뽕 한 그릇을 주문했다. 두 노인이 이마를 맞대고 짬뽕 한 그릇을 언제나 함께 드시는 것이다. 그 모습은 지금 상상해도 기분이 뿌듯해진다.

"귀찮게 해서 미안해."

노부부는 두 사람이 한 그릇만 주문하는 것이 미안했던지 늘 그렇게 말했다. 나한테 그럴 필요가 없었는데도 말이다. 중국집 배달원의 입장에서는 한 그릇만 달랑 배달하는 게 가장 힘이 들지 않는 일이었으니까.

"짬뽕 두 그릇을 주문하셨죠?"
한번은 편의점을 들어서면서 내가 이렇게 외쳤다.
"내가 틀림없이 한 그릇만 시켰는데……."
할머니의 얼굴로 난감한 빛이 스치고 지나갔다. 진열대에 선물용 과자 상자를 쌓고 있던 할아버지가 돌아보았다.
"그럼 두 그릇 다 놓고 가지, 그래?"
"네, 여기 두 그릇입니다."
나는 철가방 속에서 짬뽕 한 그릇을 꺼내놓고 웃으며 말했다.
"이건 한 그릇이잖아?"
할머니가 나를 이상하다는 듯이 쳐다보았다.
"저한테는 두 그릇으로 보이는데요? 두 분이 함께 드실 거니까요!"
그제야 할머니가 소녀처럼 깔깔 소리내 웃기 시작했다. 할아버지도 한말씀 거들었다.
"내 눈에도 두 그릇으로 보이는걸."
내가 빈 그릇을 가지러 가자, 할아버지가 나를 보고 빙그레 웃었다.
"짬뽕 값은 한 그릇만 받는 거지?"
"물론이죠."
그런데 이번에는 내가 난처한 입장이 되고 말았다. 할아버지가 나에게 두 그릇 값을 건네는 것이었다. 배달을 왔을 때 두 분을 웃게 하려고 농담을 한 것이 좀 심했나 싶었다. 할아버지는 기어이 내 손에 짬뽕 두 그릇 값을 쥐어주셨다.

코끼리편의점에서의 그 일 때문에 나는 참으로 중요한 삶의 비밀 한 가지를 알게 되었다. 인생이란 짬뽕 국물을 숟가락으로 함께 떠먹는 일이라는 것을.

나중에 알고 보니 나보다 편의점의 두 노인을 더 좋아하는 사람이 있었다. 2002이발관의 주인 아저씨였다. 그는 편의점 할아버지보다 나이가 겨우 열다섯 살 아래였는데도 할아버지를 보면 꼬박꼬박 '아버님'이라고 부르며 두 손을 앞에 모으고 예를 갖추었다. 이 동네에서 신문을 가장 열심히 읽는 사람 중의 하나인, 그래서 모르는 것을 빼고는 아는 것이 가장 많은 이발사 아저씨. 아는 것이 많아서 말도 많이 하는 이발사 아저씨가 신통하게도 편의점 할아버지 앞에서는 입에다 자물쇠를 채우게 된 데는 사연이 있었다.

길 건너편에 편의점이 개업한 뒤로 이발사 아저씨는 아침에 출근할 때마다 기분이 상했다. 이발관 앞 보도는 간밤에 사람들이 버린 쓰레기며 취객이 토해놓은 오물로 뒤덮여 있었지만 길 건너편, 그러니까 한울약국에서 '나이아가라세탁소'까지는 담배꽁초 하나 없이 깨끗이 청소가 되어 있었던 것이다. 무려 1백 미터 가까운 거리였는데도 말이다. 이발사 아저씨는 이 공평하지 않은 현실 앞에서 분개했다.

이발사 아저씨는 이렇게 추리했다. 분명히 편의점이 문을 연 뒤부터 일어난 현상이다. 편의점의 노인은 고급 공무원으로 일하다가 퇴임한 사람이다. 이 도시의 시장은 노인의 후배뻘쯤 될 것이다. 시장은 선배에 대한 예의로 청소과에 지시를 내렸을 것이다. 무슨 일이 있더라도 편의점이 있는 쪽 보도는 아침마다 깨끗하게 쓸어야 한다고. 누구보다 공명정대하게 일을 처리해야 할 시장이 전관예우(이 말은 아저씨가 신문에서 발견한 것이다) 차원에서 불공평하게 시정을 이끌어가고 있는 일이므로 용서할 수가 없다. 이발사 아저씨는 시장실로 전화를 걸어 강력하게 항의했다. 그러나 전화를 받은 시장 비서실에서는 청소과로 문의해보라면서 전화를 끊었다. 이에 더욱 화가 난 아저씨는 청소과로 다시 다이얼을 돌렸다. 청소과에서 전화를 받자마자 이발사 아저씨는 이 동네에서 작금에 벌어지고 있는 불공평한 청소 행정에 대해 조목조목 예를 들어가며 따졌다. 민원을 접수한 청소과에서는 처리 결과를 빠른 시일 안에 알려주겠다면서 아저씨를 달랬다. 아저씨는 참고 기다렸다.

며칠 뒤에 시청 청소과에서 온 전화를 받고 이발사 아저씨는 고개를 들 수가 없었다. 시청에서 알아본 끝에 2002이발관 건너편을 날마다 빗자루로 쓰는 사람은 환경미화원이 아니라 코끼리편의점의 할아버지였던 것이다! 이발사 아저씨는 감동했고, 자신의 옹졸함이 부끄러워 그때부터 편의점 할아버지를 누구보다 존경하게 되었다는 것이다.

코끼리편의점으로 짬뽕 한 그릇을 배달하기 위해 오토바이로 횡단보도를 막 건너기 직전이었다. 손에 들고 가던 철가방을 나는 그만 놓치고 말았다. 나는 오토바이를 세웠다. 철가방은 길바닥에서 엎어져 붉은 짬뽕 국물을 비죽비죽 흘리고 있었다. 내 실수였나?

그러나 아니었다. 금방 편의점에서 나온 아이가 몰던 파란색 오토바이가 철가방을 슬쩍 들이받고 간 것이었다. 보도에서 아스팔트로 접어드는 코너에서 그 녀석이 주의를 하지 않은 탓이었다.

화가 머리끝까지 치솟았다. 저만치 약국 앞에 오토바이 세 대가 멈추어 서 있었다. 검은색, 빨간색, 그리고 파란색이었다. 파란색이 소리쳤다.

"이 새끼야, 똑바로 다녀!"

골때리는 일이었다. 사과는 하지 못할망정 오히려 그쪽에서 큰 소리를 치며 악을 쓰는 것이었다.

"오토바이만 잘 닦아놓으면 뭐하나? 중국집 배달하는 주제에! 머리에 노랑물 들인 게 창피하지도 않냐, 이 노랑머리야?"

파란색 오토바이를 탄 녀석은 빡빡머리였다. 그 녀석은 껌을 질경질경 씹으며 나를 마음껏 조롱하고 있었다. 길거리에 지나가던 사람들이 나한테로 자꾸 시선을 던졌다. 엎질러진 철가방이 문제가 아니었다. 중국 음식을 배달하면서 이렇게 모멸감을 느끼기는 처음이었다. 나도 모르게 눈에 띄는 돌멩이를 하나 집어들고 파란색 오토바이를 향해 던졌다. 그러나 돌멩이는 보기 좋게 빗나가고 말았다.

"중국집 배달하면서 야구도 하나 보지?"

그들은 한쪽 발로 땅바닥을 짚고 오토바이에 올라탄 채 태연하게 손까지 흔들었다.

"너희들 거기 그대로 서 있어! 죽여버릴 테니까!"

나는 누가 듣건 말건 고래고래 악을 쓰며 오토바이에 올라탔다.

오토바이 키의 구멍이 눈에 보이지 않을 정도로 분노가 치밀어올랐다. 세 녀석이 한꺼번에 덤빈다 해도 일단 붙어볼 작정이었다. 그들에게 일방적으로 몰매를 맞더라도 말이다.

"어이, 짜장면 배달! 따라오려면 따라오라구!"

내가 오토바이 시동을 걸었을 때는 이미 그들이 배기통으로 푸르스름한 연기를 내뿜으며 공업단지 쪽으로 사라진 뒤였다. 목덜미로 식은땀 한 줄기가 흘러내렸다.

나는 길가에 저 혼자 뒹굴고 있는 철가방을 챙겨 들었다. 손잡이 부근 귀퉁이 한쪽이 일그러져 있었다. 그래서 철가방이 마치 울상을 짓고 있는 것처럼 보였다. 철가방에 묻은 흙먼지를 털면서 나는 말했다.

'그 놈들을 다시 만나면 반드시 복수를 해줄게.'

철가방이 달그락거리는 소리를 냈다.

'그래, 우리는 친구잖아.'

만리장성이 개업한 이래 가장 화려하고도 성대한 음식 배달을 간 적이 있었다.
　만리장성에는 네 개의 철가방이 있었지만 개업한 이래 그 네 개의 철가방이 한꺼번에 배달을 나간 적은 그 동안 한 번도 없었다. 그런데 저녁 늦게 팔보채 하나, 양장피 하나, 난자완스 하나, 삼선짜장 다섯, 짬뽕 둘, 잡채밥 하나, 볶음밥 하나, 거기에다가 오가피주 세 병을 한꺼번에 갖다 달라는 주문이 들어왔다. 나는 전화로 주문한 내용을 받아 적고 난 다음에 이발관에 장기를 두러 간 사장에게 알렸다. 사장은 두말없이 달려왔다. 크리스마스를 꼭 일주일 앞둔 날 저녁이었다.
　그날은 아침부터 내리기 시작한 눈이 저녁이 되어도 그치지 않았다. 차도와 인도를 구별하기 힘들 정도로 눈이 많이 내렸기 때문에 나는 하루 종일 배달하는 데 애를 먹었다. 특히 오토바이가 눈길에서 맥을 추지 못하는 통에 나는 어지간한 거리는 걸어서 배달을 갔다 와야 했다. 짜증스러운 하루였다. 하지만 그날 저녁 그 많은 음식을 배달해야 할 곳은 굳이 오토바이를 타고 가지 않아도 되는 길 건너편 삐삐헤어숍이었다. 사장은 유리문에 부옇게 서린 김을 손바닥으로 닦아내고는 헤어숍의 알록달록한 사인등을 바라보았다.

"철가방이 총출동 한번 하는구나."

사장은 손수 팔을 걷어붙이고 주방에 들어가 주방장의 일을 거들었다. 그건 좀체 보기 드문 일이었다. 사장은 콧노래를 부르며 요리 냄새로 가득 찬 주방을 들락날락하였다.

"눈이 엄청나게 많이 오는 걸 보니 뭔가 좋은 일이 생길 것 같더라구."

폭설 때문에 다른 날보다 손님이 일찍 끊긴 것을 보상이라도 받겠다는 듯 사장은 체통 없이 어린아이처럼 떠들었다. 갑작스런 주문 때문에 손길이 바빠진 주방장이 프라이팬을 던지듯 내려놓았다. 하지만 사장은 그 소리를 듣지 못했다. 아니, 듣고도 모른 척할 수도 있었다. 처음으로 네 개의 철가방이 배달을 나가는 경사스런 날이었으니까.

철가방에 음식을 차곡차곡 넣은 뒤에 사장과 나는 양손에 하나씩 철가방을 들고 삐삐헤어숍으로 건너갔다. 보무도 당당하게!

그런데 세상에……. 없었다, 거기에는. 우리가 낑낑대며 들고 간 음식을 먹어치워야 할 사람이 거기에는 단 두 사람밖에 없었다. 나는 뭔가 일이 잘못 꼬여가고 있음을 직감했다.
 삐삐헤어숍의 젊은 주인은 팔짱을 낀 채 텔레비전 앞에 앉아 있었고, 처음 보는 내 또래의 여자아이는 빗자루로 바닥을 쓸고 있는 중이었다. 아마 새로 일을 배우러 온 아이 같았다.
 "누가 장난 전화질을 했나 보죠?"
 젊은 주인이 속도 모르고 배시시 웃었다. 여자애도 따라 웃는 게 보였다.

 우리는 할 수 없이 패잔병처럼 만리장성으로 퇴각하였다.
 "떡 본 김에 제사나 지내자!"
 그 많은 요리를 어떻게 다 버릴 수가 있겠는가. 사장은 주방장과 나를 나란히 앉혀놓고 소주잔을 돌렸다. 겉으로는 애써 태연한 척했지만 사장의 짙은 눈썹은 금방 발에 밟힌 송충이처럼 꿈틀거리고 있었다. 어린 나이에 술을 많이 마시면 뼈가 삭는다고 좀처럼 술을 권하지 않던 사장이 얼마나 속이 상했는지 나에게 석 잔째 소주잔을 건네고 나서 말했다.
 "주방장, 너는 어떻게 생각하냐?"
 느닷없는 질문 앞에서 주방장은 엉거주춤 앉아 있다가 단숨에 소주 한 잔을 들이켰다. 그리고는 소주잔을 탁자 위에 내려놓으면서 소리쳤다.
 "맞아요!"
 사장과 나는 주방장의 반짝이는 눈을 동시에 바라보았다.
 "최진실을 골탕먹이려고 순화가 그랬을지 몰라요."

삐삐헤어숍이 생긴 후로 손님을 그쪽으로 빼앗긴 순화미장원에서 앙갚음을 하기 위해 거짓으로 주문을 했을지도 모른다는 것이었다. 언젠가 지방의회 의원 선거가 있을 때 상대방 후보를 곤경에 빠뜨리기 위해 경쟁자 쪽에서 중국집에 음식을 일부러 대량 주문한 적도 있다고, 방송에도 나왔다고 주방장은 덧붙였다. 그럴듯한 이야기였다. 그러나 사장은 고개를 흔들었다.
"순화 아줌마가 손님을 빼앗겼다고 치자. 그렇다고 한동네에서 우리한테 피해를 입힐 만큼 못된 여자는 아니잖아? 그리고 주방장. 네가 누님이라고 부르는 사람이 그렇게 속이 시커먼 여자야?"
"그건 옛날 이야기죠……"
주방장이 말꼬리를 흐리며 또 소주 한 잔을 입에 털어 넣었다. 사장이 이번에는 나를 바라보았다. 설마 네가 장난을 친 건 아니겠지, 하는 표정으로. 무엇보다 전화로 주문을 받아 사장에게 알린 사람이 나였기 때문이다.
"나는 처음 듣는 여자 목소리였는데, 거기에 머리 하러 온 손님 중의 한 사람이겠거니 했죠."
나는 순간적으로 한 사람의 얼굴을 떠올렸다. 한 손으로 가리면 그냥 눈도 코도 보이지 않을 만큼 조그마한 얼굴에 큰 귀고리를 달고 있던 그 아이. 혹시 삐삐헤어숍에 새로 온 그 여자아이가 장난 전화를 한 게 아닐까, 하고 말하려다가 참았다. 물증이 없었던 것이다. 소주가 네 병째 바닥이 났는데도 분을 삭이지 못한 사장이 유리문 바깥을 바라보며 혼자 중얼거렸다.
"눈이 좆같이 내리는구만!"

사장과 주방장이 퇴근한 뒤에 나는 방으로 가서 전기담요 위에 드러누웠다. 주방 옆에 붙어 있어서 기름 냄새가 채 빠져나가지 않은 방은 한바탕 잔치가 끝난 동굴 같았다. 평소에는 자정 가까이 요란하게 거리를 달리던 자동차소리도 들리지 않는 밤이었다. 술을 많이 마신 탓이었을까. 불을 끈 지 오래되었는데도 잠이 오지 않았다. 저녁때의 해프닝이 또 떠올랐다. 누가 그랬을까. 사장도 더러 덤벙대기는 하지만 동네에서 인심을 잃지 않았다. 주문을 받은 내가 귀신에게 홀린 것도 아니고 말이다. 삐삐헤어숍에 새로 온 여자아이의 큰 귀고리가 눈앞에 은빛 물결처럼 찰랑거렸다. 나는 이불을 머리끝까지 뒤집어썼다.

여자아이의 얼굴을 머릿속에서 지우자, 이번에는 엄마의 목소리가 들렸다. 엄마에게 마지막으로 전화를 한 게 한 달 전쯤이었다.

"내가 잘못했다. 그러니까 이제는……."

더이상 들어볼 필요도 없었다. 내가 엄마한테 듣고 싶은 말은 그런 게 아니었다. 나는 엄마를 이해할 수 없었다. 엄마에게 그토록 주먹질을 가한 아버지보다 엄마가 더 미웠다.

손이란 주먹질을 할 때도 필요하지만 그 주먹질을 막는 데도 쓸 수 있는 게 아닌가? 엄마는 두 손이 멀쩡한데도 아버지의 주먹을 한 차례도 막지 않았을 것이었다. 내일 지구가 망한다고 해도 엄마는 그 손으로 저녁이면 아버지의 오토바이를 닦고, 아침이면 말없이 아버지의 와이셔츠만 다릴 테지!

나는 바닷가 마을의 그 지긋지긋한 수평선으로부터 떠나왔다. 나는 수평선을 뛰어넘었다. 다른 것은 필요 없었다. 내가 좋아하는 오토바이를 하루 종일 타는 것만으로도 나는 충분히 행복한 시간을 보내고 있었던 것이다. 오토바이를 타면 내가 누구인지 아무도 몰랐다. 나는 달릴 뿐이고, 달리는 나를 바라보는 사람은 열일곱이라는 내 나이도, 학교도, 집도, 이름도 알 턱이 없었다. 오토바이 위에서는 심지어 나 자신까지도 까맣게 잊어버릴 때가 있었으니 말이다.

"나, 오토바이 한 번만 태워줄래?"

"무서울 텐데……."

"멀리 가지 말고 동네를 한바퀴만 돌고 싶어."

"그래, 좋아. 하지만 나를 꼭 붙잡아야 돼."

처음 본 여자아이는 겁도 없이 내 오토바이에 올라탔다. 그 애의 몸이 워낙 작고 가벼워서 내 등뒤에 갈매기 깃털 하나가 붙어 있는 것 같았다. 나는 여자아이를 태우고 공단 쪽의 한가한 도로를 접어들고 있었다. 오토바이 백미러로 여자아이의 주먹만한 얼굴이 보였다. 나비 리본이 달린 빨간 머리띠를 한 그 애의 귀에는 커다란 은빛 귀고리가 달랑거리고 있었다. 나는 깜짝 놀라지 않을 수 없었다. 길 건너편 삐삐헤어숍에 새로 온 바로 그 여자아이였다.

"좀더 빨리 달려봐!"

그 애는 한 손으로 내 등을 두드리며 까르륵댔다. 나는 액셀러레이터를 슬그머니 잡아당겼다. 그러자 여자아이가 두 손으로 내 허리를 꽉 잡았다. 마치 다정한 연인들이 오토바이에 나란히 앉아 해변을 달리는 영화 장면에서처럼. 그 바람에 여자아이의 말랑말랑한 가슴이 내 등에 한치의 틈도 없이 달라붙어버렸다. 나는 공복에 아

스피린을 먹었을 때처럼 정신이 아찔해져서 하마터면 핸들을 놓칠 뻔했다. 그것은 연식 정구공이었다. 학교 운등장 한쪽에 있는 테니스장에서 하얀 연식 정구공 두 개가 날아와 내 등을 떼밀고 있었다. 핸들을 잡고 있는 손에 불이 붙은 듯 진땀이 났다. 이때 여자아이가 내 귀에 입을 갖다대고 칭얼댔다.
"더 빨리, 응? 더 빨리 말이야!"
"지금 145킬로야! 더이상 속도를 내면 위험해!"
내가 고개를 오른쪽으로 반쯤 돌리고 말하자, 여자아이가 짓궂게 내 귀를 잡아당기기 시작하였다. 내 귀가 토끼 귀처럼 길쭉하게 쑥쑥 늘어나고 있었다.
계산대에서 울리는 전화벨 소리를 듣고 나는 잠에서 깨어났다. 가게문을 어서 열라고 주방장이 전화로 호통을 쳤다. 밤새 뒤척이다가 늦잠을 잔 것이었다. 오른쪽 귀가 누가 옆에서 당기는 것처럼 아파왔다. 간밤에 전기담요의 온도를 높이는 것을 잊어먹고 옆으로 쪼그리고 누워 새우잠을 잔 모양이었다.

　며칠 동안 나는 길 건너편 삐삐헤어숍을 힐끔거렸다. 꿈속에서 내 오토바이 뒤에 태우고 달렸던 그 여자아이를 볼 수 있을까 싶어서였다. 하지만 야속하게도 신은 그 애의 얼굴을 한 번도 보여주지 않았다. 그쪽에서도 황당하고 이상한 일을 당하고 나서인지 만리장성으로 음식을 주문할 생각을 하지 않았다.
　길 건너편을 힐끔거리는 횟수가 줄어들면서 내 마음속에 그 여자아이의 얼굴 윤곽도 조금씩 흐려져갔다. 그러다가 가끔 나는 오른쪽 귀를 만져보기도 했다. 그럴 때면 꿈에서 내 귀를 사정없이 잡아당기던 여자아이의 차갑고 가느다란 손가락이 귀에 닿는 것 같아 소스라치게 놀라곤 했다.

　그 후에 내가 그 여자아이를 다시 만난 것은 크리스마스 전날 밤이었다. 그날 밤에 나는 한 아파트로 배달을 갔고, 거기서 여자아이가 흰여우 같은 치장을 하고 나타나는 것을 보았다.

하지만 여자아이가 나타나기 전에 나를 더 열받게 하는 일이 발생했다는 것을 먼저 이야기해야겠다. 나는 그 아파트 현관에 음식을 내려놓고 음식값을 주기를 기다렸다. 거실에는 소파 주변으로 대여섯 명의 아이들이 제멋대로 퍼질러앉아 무슨 이야긴가를 나누며 낄낄거리고 있었다. 이때 회색 빵모자를 쓴 한 녀석이 지갑에서 돈을 꺼내 나에게 건네주고는 쓰고 있던 모자를 벗었다.

"노랑머리! 내가 누구인지 알겠니?"

여러분도 기억하실 것이다. 언젠가 오토바이로 내 철가방을 치고 달아나면서 나를 한없이 조롱했던 녀석들을 말이다. 바로 그 녀석이었다. 그날 나를 놀린 세 명 중에 가장 악랄한 욕을 퍼부었던 빡빡머리! 파란색 오토바이를 몰던!

나는 숨이 막혔다. 드디어 그날 내가 받은 치욕과 가슴의 상처를 되돌려줄 응징의 기회가 왔던 것이다. 그날 길거리에서 열받은 것을 생각하면 그 자리에서 나는 빡빡머리의 코가 뒤통수에 가서 붙도록 주먹을 날려야 마땅했다.

그러나 분노의 다이너마이트는 쉽게 폭발하지 않았다. 좀더 솔직히 말하면 나는 불리했던 것이다. 상대는 그날의 세 명이 아니라 갑절로 불어나 있었고, 나는 총알처럼 갔다 오라는 사장의 명령을 어길 수 없는 처지였다. 크리스마스 이브라서 주문이 늦도록 밀려들고 있었기 때문이다. 이때 예상치 않은 일이 벌어졌다. 빡빡머리가 빵모자를 다시 쓰고 나서 나한테 손을 내밀었다.

"그때 일은 우리가 실수한 거야. 정식으로 사과할게."

나는 그 사과를 받아들여야 할지 말아야 할지 잠시 망설였다. 그게 진심에서 우러난 말인지, 아니면 얼렁뚱땅 위기를 모면하려는 제스처인지 판단이 필요했던 것이다. 빡빡머리는 나한테 건넨 손을 여전히 거두어들이지 않고 있었다.

"야, 마음 풀어라, 풀어."

빡빡머리 뒤에 앉아 있던 한 녀석이 일어나 내 손과 빡빡머리의 손을 마주잡게 하고는 마구 흔들었다.

빡빡머리의 손은 의외로 따뜻했다. 그 손을 통해 그 아이의 숨어 있던 마음 한 자락이 나에게로 건너오는 듯했다. 그러고 보니 집을 나온 이후 다른 사람의 손을 잡아본 적이 없었다.

"우리는 모두 중학교 동창들이야. 오토바이를 좋아하는 아이들끼리 자주 만나거든."

"너도 오토바이 하나는 기막히게 타더라. 꽤 실력자 같던데."

"자, 화해한 기념으로 우리 한 잔씩 돌리자."

나는 엉거주춤 잔을 받았다. 아직 일이 끝나지 않았기 때문에 딱 한 잔만 하겠다고 했다. 내 목구멍을 통해 짜릿짜릿하게 뱃속으로 들어가는 알코올은 아이들에게 날선 사금파리처럼 겨누어져 있던 증오의 감정을 누그러뜨리고 있었다.

"우리, 앞으로 같이 달리자!"

달린다는 것, 그건 내가 원하는 일이기도 했다. 나는 가만히 고개를 끄덕였다. 아이들이 박수를 치며 휘파람을 불었다.

내가 자리에서 일어서려고 할 때 딩동딩동 하는 소리가 들렸고,

그 소리의 뒤를 이어서 여자아이 하나가 나타났다. 거실에 모여 앉아 있던 사내아이들이 환호성을 질렀다. 삐삐헤어숍에 새로 온 그 여자아이였다. 사내 아이들의 환호에 아랑곳없이 여자아이는 나를 향해 가볍게 손을 흔들었다. 그리고 여자아이가 한쪽 눈을 찡긋, 하고 감았다가 떴기 때문에 나는 하마터면 까무러칠 뻔했다.

　그런데 가까이에서 본 여자아이는 나이에 어울리지 않는 차림을 하고 있었다. 제딴에는 한껏 멋을 내고 크리스마스 이브 파티에 참석한 것이겠지만 나로서는 좀 심하다는 생각이 들었다. 빨간 미니스커트의 끝자락은 무릎보다 훨씬 위로 올라가 허벅지가 금방이라도 드러날 듯했고, 스커트 위에는 인조 양털이 보송보송한 조끼에다 회색 스웨터를 받쳐입고 있었다. 그러니까 윗도리는 겨울이지만, 아랫도리는 여름인 셈이었다. 꿈속에서 내 귀를 잡아당기던 손가락 끝에는 암갈색 매니큐어를 칠한 긴 손톱이 형광등 빛을 받아 반짝였다. 여자아이는 미니스커트 색깔과 비슷한 립스틱이 어울리느냐고 물었다. 아무렇지도 않게, 그 많은 사내아이들 앞에서 말이다. 사내아이들은 또 한 번 휘파람을 불며 엄지손가락을 내밀었다.

　가짜 주문 사건이 난 날 밤, 내 꿈속에 나타났던 여자아이와는 이미지가 전혀 달랐기 때문에 나는 실망했고, 그리고 부끄러웠다. 며칠 동안 이런 천박하고도 야한 아이 하나 대문에 건너편 남의 가게를 일없이 힐끔거렸다는 생각이 들어서였다.

　내가 신발을 신고 철가방을 들고 나오려고 할 때, 여자아이가 작은 토끼처럼 콩닥콩닥 뛰어 내게로 왔다. 그리고는 하얀 쪽지 하나를 내밀었다. 호출기 번호였다.
"밤 열 시 이후에는 자유야."
그때 나는 태어나서 처음 맡아보는 향기가 내 코를 지나가고 있는 것을 느꼈다.

만리장성에서 중국 음식을 배달하면서 나는 어른들의 세계를 조금은 들여다본 것 같다. 그렇다고 내가 어른들의 세계를 동경해서 그들의 흉내를 내봤다는 말은 아니다. 다른 아이들처럼 어른을 흉내내는 일에 나는 별로 관심이 없었다. 어른이란 아이들보다 젓가락질을 조금 더 일찍 시작한 존재일 뿐이고, 어차피 언젠가는 나도 어른이 될 텐데 뭘. 나는 그렇게 생각했다.
그런데 어느 날 무심코 나도 어른처럼 행동하는 실수를 범했던 적이 있었다.
여러분도 중국집에서 어린아이들이 맛있게 짜장면을 먹는 모습을 종종 보았을 것이다. 아이들은 누구 할 것 없이 입술이며 턱에 시커멓게 짜장이 묻은 줄도 모르고 서투른 젓가락질로 면발을 먹는데 열중한다. 젓가락질을 제대로 할 줄 안다면 이미 어린아이가 아닐 터이다. 이때 옆에서 지켜보는 어른들은 크게 두 가지 반응을 보인다는 것을 나는 알아냈다. 우선, 짜장면을 정신없이 맛있게 먹고 있는 아이의 이마를 쥐어박거나 비겁하게 팔을 꼬집는 어른들이 있다. 그리고 두번째는 휴지를 들고 아이가 짜장면을 흘릴 때마다 정성을 다해 입가를 닦아주는 어른들도 있다.
여러분이 아이들을 데리고 중국집에 갔을 때 과연 어떤 행동을 취했는지 가슴에 손을 얹고 생각해보기 바란다. 나는 이 두 가지 반응이 모두 못마땅하다. 나 같으면 아이들이 짜장면을 다 먹을 때까지 기다리다가 휴지를 조용히 아이의 손에 건네줄 텐데 말이다.

오토바이로 5분쯤의 거리에 있는 아파트 지역에 배달을 갔을 때였다. 전에도 몇 번 배달을 간 적이 있는 낯익은 집이었다. 초인종을 누르자 남자아이 둘이서 문틈으로 빠끔히 고개를 내밀었다. 저녁 여덟 시가 넘었는데도 어른들이 집에 없는 모양이었다. 아이들은 내가 철가방을 들고 있는 모습을 확인한 뒤에 문을 열어주었다. 나는 식탁에다가 짜장면 하나와 군만두 1인분을 내려놓았다.

"몇 살이니?"

나는 그릇에 씌운 비닐 랩을 벗겨주면서 물었다.

"나는 여덟 살, 얘는 다섯 살."

동생을 가리키며 여덟 살이 빈 그릇 하나를 가지고 왔다. 동생하고 짜장면을 나눠 먹겠다는 뜻이었다.

"엄마, 아빠는 어디 가셨니?"

"금방 오신댔어."

여덟 살은 나를 빤히 쳐다보며 조금 큰소리로 말했다. 나에 대한 경계심을 늦추지 않고 있다는 것을 과시라도 하려는 듯이.

"금방 오시는데 왜 짜장면을 시켰을까?"

젓가락질에 서툰 다섯 살이 흰 바지에 짜장면을 마구 흘리고 있었다. 나는 휴지로 다섯 살의 바지를 닦아주었다. 그때였다.

"그만둬!"

갑자기 여덟 살이 소리를 꽥 질렀다.

"왜 그러니?"

"엄마가 친절하게 구는 사람을 조심하랬단 말이야!"

"그게 아니야."

"아니긴 뭐가 아니야! 철가방은 짜장면만 갖다 놓고 가야 되잖아. 근데 지금 신발을 벗고 우리 집 식탁까지 걸어와 있잖아. 이런 철가방은 이제까지 한 번도 없었어!"

여덟 살은 아예 울상이 되어 있었다. 여덟 살이 식탁 의자에서 일어서자 다섯 살도 젓가락을 놓고 따라 일어섰다.

"노랑머리 철가방, 꺼져!"

여덟 살이 나에게 말했다.

"노랑머리 철가방, 꺼져!"

이번에도 다섯 살이 덩달아 말했다.

여덟 살이 강아지처럼 쪼르르 달려가더니 어디서 알루미늄 야구방망이를 하나 들고 왔다. 아무리 어린아이가 휘두르는 야구방망이라고 하더라도 한 방 맞게 되면 팔뚝이 시퍼렇게 먹물을 묻힌 것처럼 멍이 들고 말 것이었다. 벌써 다섯 살은 장난감 권총을 들고 호루라기를 불며 출동하는 중이었다. 나는 이 갑작스런 사태를 진정시키는 길은 이 집에서 조용히 물러나는 길밖에 없다고 판단했다.

"얘들아, 자, 내가 항복할게."

나는 두 손을 들고 주춤주춤 뒤로 물러섰다. 제발 여덟 살이 거실의 어항 가까이에서 홈런을 치겠다는 과욕을 버리기를 간절히 바라면서. 다행히 그때 그 아이의 부모들이 일찍 귀가한 덕분에 나는 쉽게 위험에서 벗어날 수 있었다. 물론 오해도 풀렸다. 하지만 내 기분은 영 개운치 않았다. 나는 그날 아이들 속에 숨어 있는 어른을 보았던 것이다. 아이들은 축소한 어른이었다.

나는 그 애의 호출기 번호가 적힌 쪽지를 주머니에 넣고 매일 만지작거리면서도 그 애에게 한 번도 전화를 하지 않았다. 배달을 갈 때도 될수록 그 애가 일하는 헤어숍을 피해 다녔다. 어디선가 그 애가 내 노랑머리를 보고 있으리라 생각하면서도 선뜻 전화를 할 수 없었던 것은 그 애의 탐탁지 않은 행동과 차림새 때문이었다. 크리스마스 이브에도 그 애는 중학교 동창이라는 남자아이들 틈에 혼자 끼여 있었다. 자기가 무슨 공주라도 된 줄 아나? 그때도 나는 속으로 불쾌했었다. 게다가 나이에 어울리지 않는 미니스커트는 또 뭐란 말인가? 나는 그 애도 빨리 어른이 되고 싶어 안달하는 아이 중의 하나라고 생각했다.
　사장과 주방장이 퇴근한 뒤에 가게 안으로 오토바이를 들여다 놓을 때였다. 전화벨이 요란하게 울렸다. 그 여자아이였다. 공단 쪽으로 난 도로 가에 부서진 폐차가 있는데 그 곁에서 나를 기다리겠다는 것이었다.

밤이 되자 기온이 뚝 떨어진 가게 밖으로 나는 오토바이를 다시 끌고 나왔다. 나는 그 애한테 끌려가는 게 아닌가 싶었다. 오토바이가 나한테 끌려나오듯이.

하지만 여자아이를 밤새도록 바람 부는 공터에다 세워두는 비신사적인 결례를 범할 수는 없는 노릇이었다. 열일곱에서 열여덟 살로 건너가는 밤, 그러니까 열일곱 살의 마지막 밤에 나는 그 애 앞에 서 있었다.

"그 동안 왜 연락 한번 없었어?"

그 애가 주먹으로 내 가슴을 톡 때렸다. 나는 가슴이든 팔이든 다리든 얼마든지 그 애의 손에 맡겨둘 준비가 되어 있었다. 가로등 불빛 아래서도 그 애의 코끝이 빨갛게 얼어 있는 게 보였다.

"얼마나 심심했다구."

"……"

그때 나는 한 용기 있는 남자의 멋지고 믿음직스런 행동을 보았다. 그 남자는 추위에 오들오들 떨고 있는 가엾은 토끼를 보더니 두 손으로 얼굴을 가만히 감쌌다. 그리고는 손바닥으로 토끼의 볼을 마구 비벼주고 있었던 것이다. 그런데 오토바이 핸들을 잡고 달려온 남자의 손은 얼음장처럼 차가웠다. 토끼의 볼도 차가웠지만 남자의 손끝이 닿은 토끼의 귀밑에는 온기가 감돌고 있었다. 남자는 미안한 생각이 들었다. 그래서 토끼의 볼에서 손을 떼려고 했다. 그러자 토끼의 두 손이 남자의 손등 위에 조용히 겹쳐졌다.

나는 거기서 내 사랑이 어느 틈에 내 차가운 손등 위에 작은 손을 얹고 있음을 알았다. 까만 가죽장갑에서 방금 꺼낸, 따스한 물기 어린 손을.

그 애를 오토바이 뒤에 태우고 노래방에 도착할 때까지도 벌렁거리는 내 가슴은 진정이 되지 않았다. 게다가 오토바이 뒤에서 그 애가 얼굴을 내 등에 붙이고 허리를 꽉 껴안고 있었기 때문에 나는 도대체 정신을 차릴 틈이 없었다.

노래방에서 그 애가 말했다. 삐삐헤어숍의 주인이 이모인데, 거기에 일을 배우러 와 있는 중이며, 집은 이 동네의 남쪽에 있는 구도시 안에 있다고. 그리고 지난 번 크리스마스 이브 때 만난 사내아이들은 가끔씩 만나는 친구 사이라고 말했다.

"날이 좀 따뜻해지면 걔들이 너하고 같이 폭주를 뛰고 싶대."
"폭주?"
"그래, 그게 이 세상에서 제일 신나는 놀이라고 믿는 애들이지."

짐작했던 대로 여자애가 만나는 사내아이들은 폭주족이었다. 나는 사내아이들의 오토바이 꽁무니에 앉아서 여성 전사라도 된 양 소리를 내질렀을 그 애의 모습을 문득 상상했다. 바로 앞에 앉은 녀석의 허리를 그때도 단단히 껴안았을까 궁금했다. 하지만 질투 섞인 내 궁금증은 그 애의 목소리와 함께 사라지고 말았다. 캔에 남은 마지막 콜라 한 모금이 목구멍으로 빨려 넘어가듯이.

"내가 필요하다면…… 너한테 나를 잠깐 빌려주고 싶은데……."

열일곱 살의 마지막 밤, 제야의 종소리는 자정이 되기도 전에 내

가슴속으로 징징 밀려 들어왔다. 내가 불러야 할 노래의 제목이 갑자기 생각이 나지 않았고, 내가 그 다음에 해야 할 말이 무엇인가를 준비할 수도 없었으며, 마치 가슴이 체한 것처럼 꽉 막혀왔다. 나는 허둥대고 있었다. 그 애가 한 말 때문이었다.

"너한테 나를 잠깐 빌려주고 싶은데……."

그 애가 나한테 무엇을 빌려주겠다는 것인지, 그리고 왜 자신을 빌려주겠다고 말했는지 나는 물어볼 수가 없었다. 그 애가 그 말을 했을 때 나는 그 애가 나한테 빠졌는지, 아니면 내가 그 애에게 빠져들었는지도 가늠할 수 없었다. 그 애가 노래 목록이 적힌 책을 뒤적거릴 때에도, 그 애가 마이크를 잡고 노래를 부르는 동안에도, 그리고 그 애가 나에게 마이크를 건네준 뒤에도 오직 그 말만이 머릿속에서 뱅뱅 맴을 돌았다.

"너한테 나를 잠깐 빌려주고 싶은데……."

한편으로는 불안한 느낌도 없지 않았다. 그 애는 왜 자기 자신을 영원히 빌려준다고 말하지 않았는지 슬그머니 의문이 생기기 시작한 것이었다.

"너한테 나를 영원히 빌려주고 싶은데……."

이렇게 말했더라면 더없이 좋았을 것을! 하지만 그 말을 물고늘어지며 따질 수는 없었다. 우리는 그날 밤 단 둘이서 처음 만났고, 첫 만남의 황홀한 행복을 깨뜨리는 어떠한 발언도 나는 조심해야 했기 때문이다.

사흘 뒤에 우리는 공터의 부서진 폐차 뒤에서 다시 만났다. 열일곱의 끝에서 만난 그 애와의 만남이 열여덟의 첫날에 막바로 이어지지 못한 까닭이 있었다. 만리장성은 신정 연휴에도 양파를 까고 고기를 볶았지만 삐삐헤어숍은 이틀 동안 문을 닫았기 때문이었다. 우리는 마땅히 갈 곳이 없었기 때문에 또 노래방으로 갔다.

그날 나는 그 애의 입에서 충격적인 고백이 흘러나오는 것을 내 귀로 똑똑히 들어야 했다. 그것은 가짜 주문 사건에 관한 것이었다. 얼마 전에 눈이 세상을 가라앉힐 듯이 내리던 날, 만리장성에 있는 네 개의 철가방에 음식을 가득 넣고 총출동했다가 패잔병처럼 돌아오게 된 것은 바로 그 애 때문이었다. 그 애가 장난으로 음식 주문을 했노라고 스스럼없이 말했다. 그것도 만리장성의 어엿한 직원인 내 앞에서. 그날 밤 꿈속에 등장해 내 귀를 잡아당기던 그 애가 말이다. 나는 기가 막혀 말이 나오지 않았다.

나는 탁자에 턱을 괴고 물었다.

"왜 그런 장난을 쳤지?"

"그냥 그래 보고 싶었어."

"그냥?"

"네가 어떤 표정을 짓는지 가까이에서 보고 싶었거든. 너 때문에 그랬어."

그 애는 입을 가리고 키들거리며 웃었다.

만약에 내가 사장이었다면…… 나는 여자애의 머리채를 휘어잡고 길길이 날뛰었을 것이다. 나는 비록 철가방을 나르는 노랑머리 배달원이었지만 구겨진 중국집의 명예와 자존심을 회복하기 위해서라도 내 목소리는 마땅히 분노로 이글이글 타올라야 했다.

그런데 이상하게도 나도 그 애를 따라 웃고 있었다. 내 목구멍에서는 알 수 없는 웃음소리가 머플러(소음기)에 구멍을 뚫은 오토바이 소리처럼 터져나왔다. 텅텅텅텅텅텅……. 참을 수 없었다. 나는 마이크에다 입을 대고 입이 찢어지도록 크게 웃었다.

그 일로 인해 나는 그 애를 더욱 신뢰하게 되었다. 그것은 이 세상의 비밀 중에 그 애와 나만이 알고 있는 유일한 비밀을 서로 공유하고 있기 때문이었다. 사랑이란 비밀을 나눠 갖는 것, 죽을 때까지 비밀을 발설하지 않는 것이라고 나는 생각했다.

우리는 거의 매일 밤 만났다. 서로 일이 끝나는 밤 열 시 이후에 공터의 폐차 뒤에서도 만났고, 노래방에서도 만났고, 더러는 호프집에서도 만났다. 늦은 시간에 그 애의 집까지 오토바이로 태워주는 일은 중요한 나의 일과가 되었다.

여러분은 나 혼자 자는 방이 있는데 거기서 만날 수도 있지 않았을까, 라고 말씀하실지도 모르겠다. 만약에 누군가가 그 가능성을 얘기한다면, 나는 그 사람이 학교 다닐 때 도덕이며 윤리 시간에 엉뚱한 짓을 했거나 형편없는 점수를 받았을 거라고 단정하게 될 것이다. 그 당시 열여덟 살의 남자는 소심했고 미처 거기까지는 음흉한 계략을 꾸미지 못했다. 물론 여자아이도 네 방을 보고 싶어, 라고 말한 적이 있었다. 하지만 내 방은 침대와 책상이 갖춰진 방이 아니었다. 밀가루 포대와 간장통과 나무젓가락을 쌓아놓은, 지저분하기 짝이 없는 창고였다.

그리고 무엇보다 그 애는 내가 감싸주지 않으면 금방 허물어져 내릴 것 같은 연약한 아이였다. 그 애는 외로웠다. 집에서도, 이모가 주인으로 있는 헤어숍에서도 그 애의 이름을 제대로 불러주는 사람이 없었다. 사람들은 그 애를 자주 '정신나간 가시내'라고 불렀다. 그 애는 중학교 때 두 번 집을 나간 경험이 있었고, 고등학교에 입학해서 곧 학교를 그만두었다.

사람들은 그 애의 말을 믿지 않았다. 그 애가 춥다고 말하면, 그 애 엄마는 또 새 옷을 사달라고 조르지 않을까 먼저 걱정했다. 그 애가 서점에 갔다 오겠다고 말하면, 그 애 아버지는 쓸데없는 소설이나 읽을 거냐고 역정부터 냈다. 그 애가 생리통으로 허리가 끊어질 것 같다고 말하면, 그 애의 이모는 꾀병을 부린다고 잔소리를 퍼부었다. 심지어 그 애가 눈이 참 예쁘게 온다고 호들갑을 떨면, 중학교에 다니는 그 애의 동생마저 영어 회화 공부에 방해가 된다며 핀잔을 주었다.

"재미있는 이야기 좀 해줘."

그 애에게는 재미있고 정겨운 이야기를 하줄 사람이 옆에 없었고, 나에게는 오랫동안 귀기울여 이야기를 들어줄 사람이 옆에 없었다. 그 애는 미용실의 시다였고, 나는 중국집의 노랑머리 철가방일 뿐이었다.

"조개가 끓는 물에서 입을 딱 벌리고 죽는 이유가 뭔지 아니?"

그 애가 고개를 흔들었다.

"그건 말이야, 사우나탕에 처음 들어가본 조개가 모두들 뜨거운 물 속에서도 옷을 벗고 참고 있는 걸 보고 입을 딱 벌렸다가는 그대로 익어버리기 때문이야."

내가 억지로 꾸며서 만들어낸 이야기를 듣고도 그 애는 파도처럼 깔깔거렸다. 그러면 나는 신이 나서 또 다른 우스갯소리를 지어냈다.

때로 이야깃거리가 떨어지면 내가 떠나온 바닷가 마을과 거기 사는 사람들 이야기도 했다. 저녁에 수평선 너머로 해가 지는 광경에 대해서는 스무 번도 넘게 이야기한 것 같다. 한번은 그 애에게 저물녘에 해가 수평선에 걸려 있을 때면 바다가 너무 울어서 눈이 퉁퉁 부어오른 것처럼 보인다고 말한 적이 있었다.

"나도 바닷가에 살고 싶어. 하루 종일 수평선을 보면서 말이야."

그 애의 눈알이 금세 빨갛게 변하는 것을 보면서 나는 후회하였다. 괜히 쓸데없는 말을 했구나 싶었다. 그런데 또 마음에도 없는 말을 주절거리고 말았다.

"우리 엄마는 매일 수평선에다 빨래를 넌단다."

"와, 참 멋있는 분이겠다. 그렇지?"

그 애는 박수를 치며 호들갑을 떨었다. 바다가 아름다운 것은 눈에 보이지 않을 때라는 것을 그 애는 모르고 있었다.

그 애와 내가 수없이 만났기 때문에 겨울이 갔다.

　3월말이 되자 공단 주변은 개나리꽃들로 온통 노랗게 물이 들었다. 그 사이에 나는 그 애를 오토바이 뒤에 태우고 몇 번 폭주에 참가했다.

　처음 폭주를 뛰던 날, 개조한 엑시브나 VF, 그리고 더러는 '뻥카'(신호등이 빨간 불에서 파란 불로 바뀌면 뻥, 하고 앞으로 튀어나간다고 해서 붙은 말)를 타는 아이들 앞에서 내 오토바이는 한없이 초라해 보였다. 철가방을 싣기 위해 뒤쪽에 고정 장치를 달았을 뿐 폭주에 필요한 개조를 아무것도 하지 않은 탓이었다. 내 오토바이는 핸들을 아래로 내리지도 않았고, 쇼바를 날렵하게 위로 올리지도 않았으며, 요란한 굉음을 내기 위해 머플러에 구멍을 뚫지도 않았다. 요즘 말로 하면 폭주 뛰기에는 정말 꽝인 오토바이였다.

하지만 내가 오토바이 때문에 주눅이 들었던 것은 아니다. 그날 나는 일찍이 갈고 닦은 '제자리에 정지한 상태로 180도 회전하기' 기술을 완벽하게 연출해냄으로써 돌연 아이들의 주목을 받기 시작했다. 내가 골목길에서 정지한 상태에서 눈 깜짝할 사이에 180도로 오토바이를 회전시키자, 아이들이 나를 보는 눈도 180도로 바뀌어 버렸다. 아이들은 벌어진 입을 다물지 못했다. 그래서 아이들을 만나면 겨울 내내 똑같은 말을 교과서처럼 되풀이하는 선생이 되어야 했다.

"우선 오토바이의 기어를 1단에 놓아야 해. 핸들을 양손으로 꽉 잡고 왼쪽으로 오토바이를 살짝 기울여. 그 상태에서 액셀러레이터를 당겨서 RPM 바늘이 10 정도 나오게 한 다음 클러치를 갑자기 놓는 거야. 그러면 오토바이가 회전 의자처럼 돌아갈 거야. 이때 조심해야 돼. 다리와 팔에 힘이 없으면 오토바이가 쓰러지니까 체력이 무엇보다 중요하지."

그때까지만 해도 아이들은 밤에 굉음을 내며 달리면서 '불꽃놀이' 정도의 초보적인 기술만 부릴 줄 알았다. 여러분도 밤거리에서 달리던 오토바이 바퀴 부근에서 불꽃이 타닥타닥 튀는 모습을 본 적이 있을 것이다. 그것은 오토바이 받침대를 왼발로 슬쩍 내려 아스팔트와 마찰만 시키면 되는 아주 쉬운 기술에 속하는 것이었다.

폭주를 즐기는 아이들은 오토바이를 그냥 오토바이라고 부르지 않았다. 오토바이는 영한사전에도 없는 잘못된 말이기 때문이다. 그들은 오토바이를 오토바이크라고 부르거나 그걸 줄여서 바이크라 하기도 하고, 모터사이클이라고도 했다. 누가 특정한 이름을 강요하는 게 아니므로 저마다 부르고 싶은 대로 불렀다.

그만큼 개성도 제각각이었다. 오토바이를 타고 달리면서 심심하면 경음기를 빠라리 빠라리 하고 누르는 친구가 있는가 하면, 오디오의 볼륨을 최대한 높여놓고 자동차들 사이로 미꾸라지처럼 빠져 달아나는 아이들도 있었다. 헬멧을 쓰지 않는 게 멋이라고 여기는 간 큰 아이에서부터 슬리퍼를 신은 채 러닝 셔츠 바람으로 뒤에다 여자아이를 둘씩이나 태우고 교통 법규 위반을 밥먹듯이 하는 아이들도 있었다. 오토바이가 출고될 때 기종이 무엇이었는지 알아보지 못할 정도로 개조를 한 아이들, 오토바이가 흙탕물을 뒤집어써 번호판을 식별할 수 없는데도 게을러서 세차를 하지 않는 아이들, 입에 담배를 꼬나 물고 달릴 때 바람한테 담배를 절반도 넘게 뺏기면서도 즐거워하는 아이들, 인도가 차도인 줄 알고 제멋대로 휘젓고 다니는 아이들…….

이 다양한 성격의 폭주족들이 공동으로 경계하는 사람이 있었다. 바로 아버지와 경찰이었다. 집 안에서는 아버지가 폭주를 감시했고, 집 밖으로 나오면 경찰이 그 임무를 철저히 수행했다. 그 양쪽의 포위망에 걸려들지 않기 위해서 폭주족들은 더 많은 숫자가, 더 빠르게, 더 새로운 폭주에 도전하곤 했다.

해마다 4월 중순에 열리는 이 도시의 축제는 폭주족들에게 더할 수 없이 좋은 기회였다. 고속도로에서 이 도시로 들어오는 8차선 도로변에는 수십 년 전에 심었다는 벚나무들이 축제에 때맞춰 만개하곤 했다. 벚꽃이 피면 이 도시에서 두 발로 걸을 수 있는 사람은

거의 다 벚나무 아래로 나와 연분홍 벚꽃을 즐기곤 했다. 그것도 밤에 말이다.

폭주족들이 거기에 빠질 수는 없었다. 어느 날 빡빡머리가 우리를 흥분시키는 소식을 물고 왔다. 이 도시에서 폭주를 뛰는 모든 아이들이 한자리에 모인다는 것이었다. 4월 19일, 밤 열 시였다. 4·19—썩은 독재 정권에 항거하기 위해 젊은 피가 하늘을 찌르며 솟구친 날. 드디어 이 도시의 젊은 폭주족들은 8차선 도로에서 오케스트라의 장엄한 연주와도 같은 밤 벚꽃놀이를 동시에 벌이기로 한 것이었다!

"대폭주가 펼쳐질 거야!"

"그날이 일주일도 채 남지 않았잖아."

"아버지, 떼를 지어 미친 듯이 뛸 때의 그 기분을 아시나이까!"

우리는 당장 연습에 돌입했다. 빡빡머리를 중심으로 우리 팀은 모두 일곱 명이었다. 여러 차례 함께 폭주를 뛴 경험이 있었기 때문에 우리는 매일 밤 자유자재로 대형을 바꿔가며 달렸다. 다이아몬드 대형으로, S자 대형으로, 삼각대형으로, 역삼각대형으로…….

빡빡머리가 먼저 왼쪽으로 오토바이를 살짝 기울이면 그 신호를 우리는 곧바로 알아챘다. 차례차례 오토바이를 옆으로 기울이면서 우리는 오토바이 받침대를 왼발로 슬쩍 내렸다. 그러면 날카로운 금속성의 소리와 함께 도로 위에 불티들이 꽃잎처럼 현란하게 흩뿌려졌다.

그 애는 내 오토바이 뒤에서 나를 꼭 붙잡고는 마음껏 소리를 내질렀다. 물론 난이도가 아주 높은 폭주 기술을 연습할 때는 빼고 말이다. 그 애는 곧잘 등뒤에서 내 노란 꽁지머리를 잡아당기며 개나리꽃처럼 깔깔댔다. 그러다가 코너를 돌 때는 내 등에다 찰싹 가슴을 갖다 붙였다. 그 애가 두터운 외투 대신에 노르스름한 빛의 얇은 블라우스를 입고 있었기 때문에 내 등에 닿는 연식 정구공은 겨울철보다 더 말랑말랑하게 느껴졌다.

내 마음속에서 겨울 동안 곰처럼 침묵을 지키고 있던 용기가 봄이 되자 슬그머니 기지개를 폈다. 나는 문득 달리는 오토바이 위에서 그 애의 가슴에 손을 한번 넣어봐야겠다고 생각했다.

물론 한참을 달리다가 핸들을 놓고 손을 뒤로 뻗어 그 애의 가슴을 더듬어볼 수도 있었다. 어릴 적에 자전거를 탈 때에도 나는 종종 핸들을 놓고 달리곤 했다. 자전거 핸들에서 두 손을 떼고 나는 아이스크림 한 개를 다 먹을 수 있었다. 하지만 그 애가 내 팔을 뿌리치거나 깜짝 놀란 나머지 오토바이 위에서 뛰어내리는 불상사가 생길지도 모르는 일이었다.

나는 좀더 안전하고 완벽하게 그 애의 가슴에 손을 넣는 방법을 생각해냈다. 그 애를 연료통이 있는 오토바이 앞쪽에 태우고 핸들을 잡게 한 다음, 블라우스 속으로 천천히 손을 집어넣는 거다!

문제는 그 애를 오토바이 앞에 앉도록 설득하는 일이었다. 며칠 동안 고심한 끝에 나는 그 애를 오토바이 앞에 앉히는 데 쉽게 성공했다. 새로 개발한 기술을 보여주겠다는 말을 잊지 않았다. 그 애가 내 제안에 너무도 순순히 따랐기 때문에 오히려 내가 머쓱해질 지경이었다.

공단 외곽 4차선 도로의 노면 상태는 손을 놓고 달리기에 안성맞

춤이었다. 나는 속도를 60킬로미터로 높인 다음에 그 애한테 핸들을 잡으라고 말했다. 내가 시킨 대로 그 애는 핸들을 잡았다. 오토바이는 바람을 가르며 달려갔다. 나는 그 애의 허리를 잡았다. 하기는 똥눌 때 똥만 누고 신문을 못 읽는 사람이 있고, 마우스와 키보드를 동시에 쓰는 컴퓨터 게임을 못하는 사람도 있으며, 외국영화를 볼 때 자막을 읽느라고 중요한 장면을 놓치는 사람이 있기는 하다. 나는 그런 바보가 아니었다.

그 애의 블라우스 밑으로 손을 막 집어넣으려고 할 때였다. 난데없이 맞은편에서 빡빡머리가 나타났다. 빡빡머리는 오토바이를 돌리라고 다급하게 손짓을 했다. 경찰이 따라온다는 뜻이었다. 나는 할 수 없이 오토바이를 돌렸다.

그날 저녁에 빡빡머리는 날치기한 핸드백 속에서 꺼낸 쥐색 지갑을 우리 앞에서 흔들어 보였다.

모든 스포츠의 연습과 실제 경기는 엄연히 다른 법. 그래서 대폭주를 하루 앞둔 날 밤, 우리는 직접 8차선 도로에서 마지막 연습을 하기로 했다. 우리는 구도시와 공단을 연결하는 다리를 건너 꿈의 8차선 도로로 태풍처럼 달려갔다.

고속도로 인터체인지에서부터 거의 일직선으로 뻗어 있는 8차선 도로는 길 한복판에 노란 가변차선이 그어져 있었다. 그 가변차선 구간은 폭주족을 위해 만들어진 곳이라고 해도 과언이 아니다. 도로 복판의 노란 차선이 양쪽을 오가는 차량들로부터 폭주족을 합법적으로 지켜주니까! 도로 한복판으로 우리는 힘차게 진입했다. 액셀러레이터를 당기자 오토바이의 진동이 등뼈를 타고 짜릿하게 올라왔다. 벚나무들이 마치 우리를 위해 길 양쪽에서 깃발을 흔들며 도열해 있는 것 같았다. 우리는 오토바이와 혼연일체가 되어 날아갔다.

나는 하루 앞으로 성큼 다가온 대폭주를 생각했다.

……폭죽이 펑펑 터졌다. 나는 헬멧을 쓰고 대폭주를 맨 앞에서 주도하는 짱이었다. 짱은 학교에서의 반장과는 달랐다. 어수룩한 반장은 담임 선생의 보이지 않는 지시에 따라 움직이므로 믿을 수 없지만, 짱은 팀원들의 절대적인 지지와 신뢰를 받는 존재였다.

나는 이미 팀원들을 시내 곳곳에 배치해두고 있었다. 삼삼오오 짝을 지은 팀원들은 골목에서 내 지시가 떨어지기를 기다렸다.

나는 짱으로서 위험 부담이 컸음에도 선두 그룹에 서서 시내 중심 도로 한가운데를 달렸다. 선두는 모두 일곱 명이었다.

내가 신호를 보낼 때마다 골목에 대기하고 있던 팀원들이 속속 본진에 합류해 들어왔다. 물방울 하나가 또 다른 물방울들과 합쳐져 시내가 되고 강이 되고 그리하여 큰 바다가 되는 것처럼.

대폭주에 참가한 숫자가 벌써 1백 명을 넘어서고 있다는 보고가 들어왔다. 우리는 이미 파도였다. 나는 거대한 물결을 이루어 달리는 폭주족들의 맨 앞에서 8차선 도로를 달리고 있었다…….

빡빡머리를 선두로 우리가 첫번째 커브를 막 돌고 나서였다. 2백 미터쯤 전방에 빨간 불빛이 깜박이는 게 보였다. 우리는 심상치 않은 생각이 들어 일제히 속도를 줄였다. 빠른 간격으로 깜박이는 그 빨간 불빛이 경찰 순찰차의 비상등이라는 것을 알았을 때는 우리가 탄 일곱 대의 오토바이가 이미 1백 미터 가까이 그들 앞으로 다가간 뒤였다. 8차선 도로는 물론 인도에까지 경찰이 개미떼처럼 깔려 있었다.

"돌아가자!"

빡빡머리의 말이 떨어지기가 무섭게 우리는 오토바이의 방향을 바꾸었다. 그러나 우리가 달려왔던 길도 벌써 막혀 있었다. 도로 아래쪽에 잠복해 있던 전투 경찰 대원들이 우르르 도로 위로 올라와 바리케이드를 설치하고 있었던 것이다. 도로 아래 양쪽으로는 논이며 밭이 펼쳐져 있었기 때문에 빠져나갈 구멍은 어디에도 보이지 않았다. 경찰의 주도면밀한 작전에 영락없이 포위된 형국이었다.

나중에 뉴스에는 4·19 대폭주에 관한 정보를 미리 입수한 경찰이 폭주족 일제 단속 작전에 나서 전국에서 5,126명을 적발했다는 보도가 있었다. 어쨌든 그 5,126명 중에 우리가 몇 명 포함되었는지는 내 이야기를 조금 더 들으면 알 수 있을 것이다.

나는 그때 잡히면 안 된다는 생각만 했던 것 같다. 만약에 경찰에 잡히게 된다면 당장 눈앞에 다가온 대폭주에 참가하지 못할 것이었다. 그리고 그것은 그리 중요하지 않은 문제일 수도 있었다. 만약에 그렇게 된다면…… 만리장성에서 당장 쫓겨난 나는 경찰 유치장 신세를 지든지 아니면 집으로 돌아가야 할 것이고, 집으로 돌아가면 그 지겨운 수평선을 바라보며 학교로 가야 할 것이고, 또 그렇게 되면 내 사랑 그 애와의 꿈 같은 시간도 막을 내릴 게 뻔했다. 그 애 가슴에 손을 넣고 지구 끝까지 달려보고 싶었던 계획도 모래알처럼 흩어져버릴 것이었다.

순순히 오토바이에서 내린 뒤에 굴비처럼 엮여 경찰서로 끌려갈 것인가, 아니면 경찰의 벽을 뚫을 것인가 결정할 일만 남아 있었다.

나는 재빨리 뒤를 돌아보았다. 우리 뒤쪽의 벽보다는 나중에 만들어진 앞쪽이 더 약해 보였다. 거기에는 순찰차 두 대와 세 겹으로 둘러쳐진 전투 경찰의 인간 벽이 우리와 대치하고 있었다. 경찰은 바리케이드를 급히 옮기는 중이었다.

머뭇거릴 수 없었다. 나는 아이들에게 잠시 기다리라는 신호를 보냈다. 그리고 60킬로미터의 속도로 바리키이드가 아직 설치되지 않은 경찰 쪽을 향해 달려갔다. 경찰의 동태를 살펴볼 필요가 있었다. 그리고 경찰이 서 있는 자리에서 열 걸음 앞쯤에서 갑자기 급정거를 했다. 타이어가 아스팔트와 마찰하면서 고무 타는 냄새가 매캐하게 났다. 내 오토바이하고 정면으로 마주선 경찰 쪽에서 움찔, 동요하는 모습이 역력하게 보였다. 카메라 플래시가 쉴새없이 터졌고, 경찰 순찰차에서 뭔가 방송하는 소리가 웅얼웅얼 오토바이 엔진소리 속에 섞여들고 있었다.

나는 다시 뒤로 물러났다. 아이들도 저마다 긴장하고 있는 빛이 역력했다. 나는 길 한복판에 얼음 조각처럼 멈춰 선 아이들에게 외쳤다.

"방법은 하나밖에 없어. 나를 따라와! 헤드라이트 불빛을 최대한 올리고 말이야."

그리고는 경음기를 울렸다. 아이들도 경음기를 울려댔다. 팔짱을 끼고 벽을 쌓고 있던 경찰이 규칙적으로 아스팔트 바닥을 군홧발로 탁탁 차고 있었다. 우리에게 위협을 주려는 것이었다. 나는 경찰을 향해 달려갔다. 시속 40킬로미터…… 50킬로미터…… 아이들도 나를 따라왔다. 60…… 70…… 속도계가 80킬로미터를 가리킬 때쯤 나는 경찰의 인간 벽에 거의 다다랐다는 것을 알 수 있었다.

나는 속도를 줄이지 않았다. 90킬로미터…… 내 오토바이의 헤드라이트 불빛을 받은 경찰의 얼굴이 눈앞에 커다랗게 나타났다가 사라졌다. 반사적으로 오토바이를 피하기 위해 경찰이 비명을 지르며 뒤로 물러섰다. 넘어지는 사람도 잠깐 보였다……. 순식간에 모세의 기적처럼 바다가 갈라졌다.

경찰의 추격을 간신히 따돌린 뒤에 우리는 각자 오토바이를 숨겨놓고 호프집에 모였다. 대탈출에 성공한 축배를 들기 위해서였다.

하지만 우리는 맥주 잔을 높이 들고 쨍, 소리가 나도록 부딪칠 수가 없었다. 일곱 명 중에 빡빡머리의 얼굴이 보이지 않았기 때문이다. 그 동안 우리 팀을 이끌어온 빡빡머리였다. 무슨 사고를 당한 게 틀림없었다. 그러나 당장 확인을 해볼 길이 떠오르지 않았다.

그 애, 뒤늦게 연락을 받고 하얗게 질린 얼굴로 달려온 그 애도 팔짱을 낀 채 말이 없었다. 우리는 각자 빡빡머리를 찾아보기로 하고 헤어지는 수밖에 없었다.

아이들이 뿔뿔이 흩어진 뒤에 그 애가 내 팔을 붙잡고 꽃무늬 포장지로 싼 선물을 내밀었다. 나는 머쓱하게 포장지를 뜯었다. 선글라스였다.

"우리는 밤에만 달리잖아. 나보고 밤에 양쪽 눈을 감고 오토바이를 타라고?"

나는 일부러 큰소리로 웃었다.

"하지만 필요할 때가 있을 거야."

그 애가 쓸쓸하게 웃으며 말했다.

그 애는 집까지 태워달라는 말도 하지 않고 재빠르게 어둠 속으로 총총 사라져갔다. 그 뒷모습이 내가 마지막으로 본 그 애의 모습이었다. 지금은 기억도 잘 나지 않는다. 그 애가 그날 밤에 굽이 높은 구두를 신었는지, 운동화를 신었는지 말이다. 아무튼 그 애의 발소리가 사라질 때까지도 나는 그게 마지막이 될 줄은 까맣게 모르고 있었다.

나는 그 애의 호출기 번호를 눌렀다. 만리장성으로 돌아와서야 선물을 받고도 그 애에게 고맙다는 말을 하지 못했다는 것을 알았다. 집으로 곧장 들어갔는지도 궁금했다.

하지만 자정이 다 되어갈 때까지도 전화가 오지 않았다. 헤어질 때 억지로라도 데려다주겠다고 말할걸 그랬나? 이상하게도 마음이 놓이지 않았다.

폭주를 뛰느라고 미뤄두었던 양파를 꺼냈다. 양파를 네 개째 까고 있을 때 그 애한테서 전화가 왔다. 빡빡머리가 경찰에 잡혔다고, 방금 경찰서에서 면회를 하고 나오는 길이라고 그 애는 떨리는 목소리로 말했다.

"친구들 중에 너한테 제일 먼저 알리라고 해서 전화를 하고 있는 거야."

그 애가 크게 한숨을 내쉬는 소리가 들렸다.
"그건 왜지?"
"경찰 포위망을 뚫고 나올 때 네가 선두에 섰다면서?"
"물론 그랬지."
나는 자랑스럽게 말했다.
"그때 사진이 찍혔을 거래."
"음……."
내 입에서는 신음소리 비슷한 게 새어나왔다.
"경찰은 오늘밤에 폭주 뛴 아이들 중에 너를 짱으로 지목하고 있는 것 같대. 오늘밤에 경찰이 두 명이나 크게 다치는 사고가 났기 때문에 경찰이 앞으로 가만있지 않을 거래. 폭주는 당분간 꿈도 꾸지 말라고 그랬어."
나는 그 애의 말을 잠자코 듣고 있었다.
"더이상 길게 이야기하지 않을게. 일단 너도 어서 피해야 돼. 오늘밤에 당장 말이야."
"뭐라구? 그건 말도 안 돼."
"걔는 이번이 두번째야. 구속이 될 것 같다고 했어. 그보다 날이 밝기 전에 당장 멀리 떠나라고, 너한테 그 말을 꼭 전해달랬어."
며칠 전에 빡빡머리가 시내 백화점 앞에서 어떤 여자의 핸드백을 날치기했다는 것도 들통이 났다고 그 애가 말했다.
"함께 폭주 뛴 친구들의 이름을 대지 않아도 좋다는 조건으로 자백을 하고 말았대."
친구를 경찰서에 두고 혼자 비겁하게 도당을 칠 수는 없었다. 그게 친구에 대한 기본적인 예의라고 나는 생각했다.

그렇지만 솔직히 한편으로는 두려운 것도 사실이었다. 그 당시 나는 순진한 열여덟 살이었고, 갑자기 닥친 위기로부터 내 스스로를 건져올릴 지푸라기 하나도 가지고 있지 않았다. 나는 주먹으로 벽을 치지도 못했고, 가슴을 쥐어뜯으며 울지도 못했다. 하긴 그렇게 한다고 해도 달라질 건 별로 없었을 것이다.

그런데 그 와중에서도 그 애가 빡빡머리에게 쏟는 관심이 지나친 것 같아 여간 불만스러운 게 아니었다. 물론 둘이 서로 중학교 때부터 알고 지내는 친구 사이라는 것은 나도 알고 있었다. 그래서 빡빡머리네 집에도 스스럼없이 드나들었고, 경찰서에도 빡빡머리네 부모와 함께 다녀왔다고 했다. 하지만 그게 무슨 상관이란 말인가. 몇 달 동안 그 애는 빡빡머리가 아니라 내 오토바이 뒤에 꼭 붙어 다녔는데 말이다.

그래서 그날 밤에 나는 의리를 위해 친구들의 이름을 발설하지 않는 빡빡머리의 고통을 잠시 망각하고 삼류 연애소설에서 남녀 주인공이 위기에 빠졌을 때 흔히 탈출구로 삼는 낡아빠진 말을 그 애에게 하고 말았다. 지금 돌이켜 생각해봐도 얼굴이 화끈거리는 일이다. 내가 그 무렵 그 애와 사랑에 빠져 있었다는 사실을 감안하더라도.

"우리 같이 도망가자!"

만약에 그 애가 내 말에 동의하고 오토바이 뒤에 올라탔더라면 이 책은 여기서 끝나야 한다.

그 애는 대답 대신에 이렇게 말했다.
"너는 나를 잘 몰라."
도대체 무엇을 모른다는 말인가? 나는 네 목덜미에 검정콩만한 점이 붙어 있다는 것도 알고, 나보다 맥주를 더 잘 마신다는 것도 알고, 물에 불린 뒤에 구운 오징어를 좋아한다는 것도 알고, 요즘 노래도 잘 부르지만 옛날 노래도 곧잘 부른다는 것을 알고, 가격이 1만 원을 넘는 옷은 절대로 사 입지 않는다는 것도 알고, 머지않은 날에 집을 나와 셋방을 하나 얻을 희망으로 부풀어 있다는 것도 알고, 빡빡머리보다 나를 더 좋아한다는 것도 다 알고 있는데……. 그럼에도 우리가 서로 알지 못한 게 있다면 앞으로 얼마든지 이야기를 나눌 시간이 있다고 나는 그 애에게 말하고 싶었다.
그때 마른하늘에 번개가 쳤다.
"우리도 헤어질 때가 된 것 같아. 너무 오래 만났잖아?"
시속 1백 킬로미터가 넘게 달리는 오토바이 위에서 밤에 갑자기 선글라스를 낀 기분이었다. 내 귀에서는 웅웅거리는 소리가 들렸다. 나는 왜냐는 말도 하지 못하고 수화기를 붙잡고 있었다.
내가 불안에 떨고 있을 것이라 짐작을 하고 긴장을 풀어주기 위해 그 애가 농담을 하고 있는 거라고 나는 생각했다. 그러나 농담이라기엔 그 애의 목소리가 너무 차분하게 가라앉아 있었다. 틀림없이 그 애 신변에 내가 알지 못할 무슨 일이 발생했거나, 그렇지 않다면 역으로 나를 떠보기 위한 앙큼한 술책일 수도 있었다. 사실 그 애를 만나는 동안 나는 그 애와 입 한번 맞추지 않았던 것이다. 컴컴한 공터 부근이든 노래방이든 아니면 또 어디서든 입을 맞출 조건은 얼마든지 만들어져 있었다. 입맞춤뿐만 아니라 그보다 더 심각한 것도 마음만 먹었으면 얼마든지 할 수 있었다. 하지만 나는 그 애를 지켜주고 싶었다. 그걸 그 애가 오해하고 있는지도 몰랐다. 내 적극성을 시험하고 있는지도 모르는 일이었다.

그런데 그 애는 똑 부러지게 말했다. 너무 오래 만났다고!

나는 혼란스러웠다. 그 애의 진심을 확인할 길이 없었던 것이다. 나는 입술을 깨물었다.

"지금이 헤어지기 좋은 시간 같아. 그리고……"

그리고 그 다음에 그 애가 한 말은 빡빡머리를 돌봐주고 싶다는 것이었는지 무엇이었는지 잘 생각이 나지 않는다. 나는 그때서야 혼란하고 어두운 머릿속에 가까스로 불이 켜지는 것을 알아챘다. 나는 그 애가 있는 곳을 물었고, 오토바이를 타고 얼굴이라도 보러 가겠다고 힘없이 말했다. 그 애가 나를 만나지 않을 것이라는 사실을 알면서도 그 참담한 상황에서 내가 할 수 있는 말은 그것뿐이기도 했다.

"노랑 꽁지머리를 보면……"

그 애는 울고 있었다.

"노랑 꽁지머리를 보면 너를 생각하게 될 거야."

그게 그 마지막 밤에 그 애가 나에게 마지막으로 한 말이었다.

나는 오토바이에 키를 꽂았다. 폭주를 뛸 때처럼 앞바퀴가 번쩍 들리도록 빠르게 출발을 해서는 안 될 것 같았다. 나는 처음에 만리장성의 짜장면 냄새를 따라왔을 때의 역순서로 천천히 오토바이를 움직였다.

밤 열두 시부터 새벽까지 아르바이트생이 일을 하는 코끼리편의점을 빼고는 2002이발관도 순화미장원도 한울약국도 삐삐헤어숍도 인디언치킨도 모두 어둠에 잠겨 있었다. 2, 3층에 호프집과 노래방이 있는 나이아가라세탁소까지 1분이면 달려가던 길이 내 기분에는 한 시간이 넘게 걸렸다.

나는 오토바이를 세우고 겨울에 그 애와 처음 만났던 공터의 폐차 주변을 한참 동안 바라보았다. 내 사랑, 안녕……. 이별의 순간에는 울어야 했다. 입술을 악물어야 했다. 그리고 손등으로는 주체할 수 없이 흐르는 눈물을 닦아야 했다. 그러나 눈물이 나오지 않았다. 나는 양파를 까던 손으로 눈을 비볐다. 그래도 눈물이 나오지 않았다.

나는 견딜 수 없었다. 한시바삐 도시로부터 빠져나가고 싶었다. 나를 뒤쫓고 있을 경찰이 두려워서가 아니었다. 그 애가 벼랑 끝에 놓인 돌멩이를 슬쩍 발로 밀어 절벽 아래로 떨어뜨리듯 절교를 선언했기 때문도 아니었다.

나는 속도를 높였다. 나를 가두는 세상에서 한 발자국이라도 탈출하지 않으면 심장이 터져버릴 것 같았다. 나는 어둠 속으로 달렸다. 어둠 속에도 길이 있었다. 띄엄띄엄 도시로 들어가는 자동차들의 불빛이 눈을 가렸다. 그 불빛 속으로 도시에서 만났던 많은 사람들의 기억을 던져 넣어버렸다.

오토바이 엔진의 진동음이 등뼈를 타고 올라와 어깨와 팔뚝을 적신 다음에 손목에 감겨왔다. 속도는 나를 아주 편안하게 만들었다. 내가 어디를 향해 가고 있는지도 알지 못하게 했다. 아무런 목

표도 정하지 않고 간다는 것, 그게 진정한 자유인이 되는 길인지도 몰랐다.

　'여기서부터 과속을 하지 않으면 아름다운 바다가 보입니다.'

길가에 세워진 대형 표지판을 보고 나서야 나는 도시에서 이미 1백 킬로미터 가까이 달려와 바닷가 해안도로를 달리고 있음을 알았다. 상큼하고도 비릿한 바다 냄새가 살갗을 파고들었다. 거의 반년 만에 맡아보는 냄새였다.

수평선은 보이지 않았다. 나는 어둠 속에서 파도소리만 간간이 들려오는 바닷가 벼랑 위에 오토바이를 세웠다. 여름이면 밤새도록 불을 켜놓고 흥청거리던 해수욕장 쪽에도 불빛 하나 보이지 않았다. 바다에는 희끗희끗한 파도의 갈기만이 반점처럼 나타났다가는 사라질 뿐이었다.

나는 소나무 밑동에 기대앉아 유난히 훈훈한 4월의 밤공기를 들이마셨다. 주유소에서 기름을 넣으면서 엄마한테 전화를 했을 때 엄마는 이렇게 말했었다.

"남편도 새끼도 다 필요 없다. 이대로는 나도 못 살겠다."

엄마는 악에 받쳐 말했지만 나는 날아갈 듯이 기뻤다. 엄마가 비로소 내가 듣고 싶은 엄마의 목소리로 말을 한 것이었다.

"한 번만……. 한 번만 얼굴이라도 보자."

엄마는 상처가 채 아물지 않은 짐승처럼 말했다.

나도 엄마가 보고 싶었다. 하지만 노랑 꽁지머리를 한 채 돌아가는 것은 좀 우스운 일이 될 것 같았다. 안 그래도 심장이 약한 엄마가 내 노랑머리를 보고 뒤로 자빠질 수도 있기 때문이다. 아버지는 상관이 없었다. 엄마를 위해서 날이 밝으면 이발관을 찾아가 머리부터 깎아야지. 그리고 모자를 하나 사서 쓴 다음에 집으로 쏜살같이 달려가는 거야. 엄마를 만나기 전에 동네 사람들이나 친구들을 만나면 곤란하니까 모자는 되도록 푹 눌러 써야겠지. 아버지가 일곱 시 50분에 출근을 하니까 나는 여덟 시 정각에 집으로 들어가야지. 엄마가 나를 보면 처음에 무슨 말을 할까. 어금니를 물고 엄마의 처분에 나를 맡겨야지. 엄마가 나를 북어처럼 패더라도, 아버지한테 무릎을 꿇고 빌라고 하더라도, 아니면 보기 싫다고 집을 다시 나가라고 하든지 같이 죽자고 하더라도, 그 무엇이든 엄마 말을 따라야지.

그렇게 상상하다가 깜빡 잠이 들었던 모양이었다. 밤사이 너무 긴장을 하면서 달린 탓이었다. 눈을 떴을 때는 마침 수평선 위로 해가 붉은 머리를 내밀기 직전이었다.

바다 쪽으로 향해 서 있는 오토바이를 천천히 돌려서 시동을 걸었더라면 아무 일도 일어나지 않았을 것이다. 엄마를 보러 가야겠다고 생각하자 나는 마음이 급해졌다. 나는 시동을 건 뒤에 헤드라이트를 켰다.

그리고 '제자리에서 정지한 상태로 180도 회전하기' 기술을 떠올렸다. 오토바이의 기어를 1단에 놓는다. 핸들을 양손으로 꽉 잡고 왼쪽으로 오토바이를 살짝 기울인다. 그 상태에서 액셀러레이터를 당겨서 RPM 바늘이 10 정도 나오게 한 다음 클러치를 갑자기 놓는다. 그러면 오토바이가 회전 의자처럼 빙그르르 돌아간다. 나는 왼손에 잡고 있던 클러치 레버를 자신 있게 놓았다.

그러나 몇 초 후에는 그 기술이 완전히 실패로 돌아갔다는 것을 뼈저리게 느껴야 했다.

나는 정말 날개도 없이 날아갔다. 내 의지와는 전혀 상관없이 오토바이와 함께 벼랑 아래로 말이다. 벼랑에서 추락하면서 나 자신에 대해서, 그리고 오토바이에 대해서 내가 할 수 있는 일은 아무것도 없었다. 사방은 여전히 깜깜했고, 오토바이는 오토바이대로 헤드라이트를 켠 채 내 손을 벗어나 벼랑 아래로 떨어져내리고 있었다.

　그 시간에 해수욕장 쪽에서 누군가 일찍 일어나 벼랑 쪽을 바라보고 있었다면 아마 이렇게 말했을 것이다.

　"우와! 저렇게 큰 별똥별이 떨어지는 것은 처음 보는구나!"

　나는 벼랑에서 떨어지면서 수평선 너머로 짜장면 배달을 가는 중인가, 하고 잠깐 생각했다.

벌써 9년 전의 이야기다.
그 동안 나는 학교도 마쳤고, 군대에도 갔다 왔다. 이 세상에서 어른이 되기 위해 치러야 할 많은 과정들을 무사히 통과했다. 몇 번의 연애에 실패했으며, 취직 시험에도 두 차례나 낙방하는 불운이 나를 따라다녔다. 그때마다 쓴 담배를 줄줄이 피워대며 마음을 가라앉혀야 했다. 또한 나는 오토바이를 타기 위해 가출을 하지도 않았고, 오토바이를 타고 날아다니는 꿈 같은 것은 일찌감치 포기해 버렸으며, 아예 오토바이 핸들조차 잡지 않으려고 무던히 애를 썼다. 나는 그날 이후 오토바이와는 아예 결별하기로 다짐에 다짐을 거듭했다. 그것은 오토바이에 대한 두려움 때문이 아니었다.
그날 새벽, 바닷가 벼랑에서 추락한 뒤에 나는 한동안 정신을 잃었었다. 내가 자궁 속의 태아처럼 몸을 웅크리고 있다는 것을 알고 눈을 떴을 때, 해는 내 머리 바로 위에서 빛나고 있었다. 햇빛이 눈을 찔렀다. 나는 살아 있었다. 기적같이, 라는 말은 이럴 때 꼭 써야 하는 표현일 것이다.
나는 운 좋게 벼랑 중턱의 나무 위로 떨어진 것이었다. 그 나무는 아름드리 팽나무였다. 팽나무는 마치 추락하는 나를 받기 위해 오래 전부터 팔을 넓게 벌리고 있었던 것처럼 옆으로 단단히 가지를 뻗고 있었다. 나무에 떨어질 때의 충격 때문이었는지 뒷머리가 조금 지끈거릴 뿐 내 몸은 신통하게도 다친 데가 하나도 없었다.
나는 나무 줄기를 잡고 몸을 일으켜 세웠다. 팽나무의 잔가지 끝에서는 손톱 만한 연두색 새잎들이 일제히 돋아나고 있었다.
그러나 어디에도 오토바이는 보이지 않았다. 나는 허리를 굽혀

발 아래쪽을 내려다보았다. 바다였다. 오토바이를 꿀꺽 삼킨 바다는 아무 표정도 없이 시퍼런 혓바닥을 날름거리고 있었다. 나를 나무 위에 혼자 남겨두고, 오토바이는 바닷속으로 떠난 것이었다.

그런 생각은 나무에서 내려와 벼랑 위로 다시 올라갈 때까지도 줄곧 나를 울적하게 만들었다. 오토바이를 바닷속에 두고 나 혼자 살겠다고 풀뿌리와 잡목 가지를 붙잡고 나는 벼랑을 기어 올라가고 있었던 것이다. 그리하여 어렵지 않게 벼랑 위로 올라왔지만, 나는 이미 날개를 잃은 초췌한 독수리 꼴이었다. 마음은 참담했으나, 나는 오토바이를 잊기로 했다. 오토바이야, 잘 가라. 나는 이제 더이상 날아다니지 않겠다.

그 이후 나는 어른이 되는 법을 하나씩 익혀갔는데, 그것들은 너무 재미없고 단조로운 것들이어서 여기에다 일일이 쓸 필요가 없을 것 같다. 인생에 있어서 아름다운 것은 열일곱 살이나 열여덟 살쯤에 발생한다는 게 내 생각이다. 어른이란 열일곱, 열여덟 살에 대한 지루한 보충설명일 뿐이다.

그래서 어느 때는 그 바닷가의 팽나무 위에서 내려오지 말걸, 하는 생각이 머리를 스쳐갈 때도 있었다. 여러분은 믿어지지 않겠지만, 나는 거기서 정말 행복한 시간을 보냈다.

나는 나를 받아 안은 가지보다 좀더 든든해 보이는 가지로 기어 건너갔다. 등을 기대고 수평선을 바라볼 수 있을 정도로 자리가 잡히자 갑자기 억누를 수 없는 슬픔이 밀려왔다. 뭐라고 이름을 붙일 수 없는 슬픔이었다. 그래서 나는 울었다. 살아 있다는 게 그렇게 두려운 적이 없었다. 또 그렇게 억울한 적도 없었다. 나는 철들지

않은 아이처럼 엉엉 소리내어 울었다. 한동안 울고 나니까 마음이 좀 안정되었다. 눈물이 볼에서 마를 때쯤 나는 나 혼자 나무 위에서 울었다는 것을 알았다. 나는 그때까지 한 번도 혼자서 마음놓고 울어보지 못했고 나 자신 때문에, 남이 아니라 오직 나 자신 때문에 울어본 적이 없었다는 생각이 들었다. 나는 막 허물을 벗고 최초로 내 목소리로 울어본 매미였다.

  나는 그곳이 혹시 천국이 아닐까 싶어 코를 잡아당겨 보았다. 그러다가 깜짝 놀랐다. 손끝에 미세하게 양파 냄새가 남아 있었던 것이다. 양파는 가슴속에 아무것도 감추고 있지 않으며, 자신을 위해 아무것도 남기지 않는 존재였다. 짜장면 속에 들어가서는 자기가 양파라는 것을 잊어버리고 그대로 짜장면 냄새가 되는 게 양파였다. 내 손끝에 남은 양파 냄새도 머지않아 사라질 것이었다.

  그 팽나무 위에서 나는 두어 시간쯤 머물러 있었다. 햇볕이 따가울 때는 그 애가 준 선글라스를 끼고 바다를 바라보았다. 그 애 생각도 조금 했다. 그리고는 곧 그 애를 잊어버렸다. 내가 양파 냄새를 잊어버리듯이, 양파 냄새가 내 손가락을 잊어버리듯이.

  아무도 내 옆에 없었지만 나는 외롭지 않았다.

다시 한번 말하지만, 내 생애에서 가장 찬란했던 빛은 열일고여덟 살 그 부근에서 서서히 꺼져갔다.
　하지만 앞으로 지금보다 더 나이를 먹고, 나이를 먹은 만큼 욕을 먹고, 욕을 먹은 만큼 인생이 온통 치욕으로 얼룩진 어른이 되더라도 나는 두 가지만은 꼭 잊지 않고 살아가고 싶다.
　첫번째는 지금껏 그래 왔던 것처럼 여기에 등장하는, 내가 그 당시 만나고 헤어졌던 사람들의 이름을 함부로 밝히지 않는 것이다. 어른들은 대체로 이름을 널리 알리거나 크게 내세우려는 경향이 있다. 그래서 명함을 만들어 돌리거나, 여러 이름이 함께 거론될 때는 그 맨 앞에 자신의 이름을 내걸고 싶어한다. 이름이란 아주 작은 것이다. 나는 그 이름들을 내 가슴속에 가만히 새겨두고 싶은 것이다.
　그리고 두번째는 어떤 글을 쓰더라도 짜장면을 자장면으로 표기

하지는 않을 작정이다. 그것도 어른들 때문이다. 어른들은 아이들이 짜장면이라고 쓰면 맞춤법에 맞게 기어이 자장면으로 쓰라고 가르친다. 우둔한 탓인지는 몰라도 나는 우리 나라 어느 중국집도 자장면을 파는 집을 보지 못했다. 중국집에는 짜장면이 있고, 짜장면은 짜장면일 뿐이다. 이 세상의 권력을 쥐고 있는 어른들이 언젠가는 아이들에게 배워서 자장면이 아닌 짜장면을 사주는 날이 올 것이라 기대하면서……